Sonya
ソーニャ文庫

略奪王の淫愛

貴原すず

イースト・プレス

contents

序章

淡い水色の空が枝の生い茂る黒い森の上に広がっている。次第に冬に近づく秋の一日。森の中は遠くで銃声や犬の鳴き声が響いていて、静けさからはほど遠い。

「待って、お願い！」

アリーセはドレスの裾《すそ》を持ち上げて、真っ黒な毛並みをした猟犬《りょうけん》を懸命に追いかける。しかし、弾丸の勢いで走る猟犬と、よろよろと走るアリーセとの距離は離れるばかりだ。

それも仕方のないことだった。アリーセは十一歳。市井《しせい》の子どもだったら風のように駆けることができるかもしれないが、由緒正しきローザリア帝国の皇女の足取りは、常にゆったりとしたものを求められるのだ。

(誰か……お兄様でもいてくれたらいいのに)

男たちは、みな狩猟に出ている。

貴族の男たちにとって、狩猟は娯楽であり、交流の場だ。

今回、隣国オストフェンの王子・ヨーゼフが客人として訪れたため、歓迎の意味を込めて皇族専用の狩場を開放したのである。

帝国皇女であるアリーセは、姉や母皇妃たちと一緒にテントが張られた休息場で時間つぶしをしていた。

それがなぜ猟犬を追いかける羽目になっているかというと、猟犬が通りかかった栗鼠《りす》を見て興奮したのが発端だ。猟犬は盛んに動き回ったせいで、杭《くい》に拘束されていた紐がはずれてしまい、栗鼠に向かって駆けだした。アリーセは小さな栗鼠が追われているのを放っておけず、猟犬を追いかけることにした。

(で、でも、速い……!)

猟犬はとんでもない速さだ。右に左に身体を跳ねさせながら、草の下を走る栗鼠を追いかける。

「待って、待って……!」

無駄だとわかっていても、アリーセは懸命に叫ばずにはいられなかった。

なんとか猟犬の脚を止めたかった。

しかし、猟犬の疾風《しっぷう》のような突撃を止めようもない。

猟犬の姿が見えなくなり、アリーセの追走が自然と緩む。疲労を感じて歩きだしたところで、斜め前の茂みがガサリと揺れた。

びくりと身体を震わせたアリーセの前にあらわれたのは、馬に乗った貴族の青年だ。孔《く》雀《じゃく》の尾羽根飾りのついた帽子を軽く持ち上げて、アリーセを見下ろしてくる。

「アリーセ様、こんなところで何をなさっておいでで？」

声に宿った嘲《あざけ》りに、アリーセは唇を噛《か》む。

頼りにしたいはずの男手なのだが、彼はアリーセをあからさまに軽んじてくるので躊躇《ちゅうちょ》してしまう。

（いつもと同じ……）

それでも、アリーセは栗鼠のために勇気を奮う。

「……栗鼠が猟犬に追いかけられて……助けたくて……」

「栗鼠など放っておけばよろしいと思いますがねぇ。猟犬も遊んでいるだけだと思われますよ」

「遊んでいるようには見えなかったわ。栗鼠にしてみれば、遊んでいるんじゃなくて、いじめられているのよ」

「でしたら、栗鼠が悪い。おおかた猟犬の近くにあらわれたんでしょう。襲ってくれといわんばかりに」

「そんな……」

栗鼠が猟犬のそばを通ったから追いかけ回されるのは当然だと言いたいのだろうか。か弱い栗鼠に対する冷たい物言いに、悲しくなってしまう。

「アリーセ様は栗鼠を助けたいと猟犬を追いかけていらっしゃる。しかし、猟犬の姿が見えませんな」

「猟犬の足が速くて……」

「ははっ、そうでしょう、そうでしょう。アリーセ様に猟犬が捕まえられるはずがありませんからな！」

あからさまな侮蔑《ぶべつ》にしょんぼりとうつむくと、なぜか猟犬が戻って来た。舌を出しながら必死に駆けて来る様は、追いかけられる栗鼠と立場を入れ替えたかのようだ。

「おやおや、いったい何が――」

薄《うす》ら笑いを浮かべて猟犬を見た青年の動きが止まる。

猟犬を追うようにあらわれたのが、白銀の体毛を備えた狼だったからだ。

「な、な、な……」

青年がうろたえたのは一瞬だった。彼は馬の向きを変えると、馬腹を蹴《け》って、狼とは逆側に馬を走らせだした。

アリーセは小さくなる青年の背と狼を見比べる。

彼がアリーセを見捨てたのだと悟ったのは、アリーセに駆け寄る狼を目にしたときだった。

「行かないで！」

半泣きで馬を追いかけるが、止まってくれるはずもなかった。

十歩も行かないうちに、アリーセは樹の根につまずいて転んでしまう。

「きゃあっ」

膝《ひざ》を打ちつけた痛みに、涙をこぼす。

(早く立ち上がらなきゃ)

だが、膝がずきずきと痛くて、動けない。

振り返ると、狼が飛びかかってくる恐ろしい姿が見えた。

「いやっ」

反射的に目を閉じて、その場に突っ伏す。

そんなことをしたら、かえって狼に襲われそうなのに、アリーセは考える余裕をなくしていた。

(死んじゃう！)

強く瞼《まぶた》を閉じたとき、銃声が轟《とどろ》く。

耳が痛くなるほどの轟音《ごうおん》に、アリーセは混乱のまま身体を縮ませた。

(怖いっ)

頭の中にあるのは、その感情だけだ。アリーセは身動きもろくにできず、全身を震わせるしかない。

(誰か助けて！)

涙をこらえて耳を押さえていると、肩を揺すられる。

「大丈夫か!?」

力強い声だった。アリーセはおそるおそる顔をあげ、目の前で片膝をついた少年を仰ぐ。秀《ひい》でた額を覆う金の髪。灰青色の瞳が美しい切れ長の目は、焦りのためか大きく見開かれている。

「怪我でもしたか!?」

「い、いえ……」

「じゃあ、逃げろ、すぐに！」

言うなり彼は筒の長い銃をかまえた。銃声が炸裂《さくれつ》し、アリーセは再び耳をふさぐ。

「早く！」

せかされて、アリーセは彼の背に隠れた。直後、狼が彼に飛びかかろうとする。

少年は再度銃をかまえて発砲しかけたが、狼が彼の腕に爪を立てて飛びかかる。

「ちっ！」

彼は銃を捨てると、右の腰に吊るしていた短剣を鞘《さや》から抜き払い、狼の腹に突き刺した。

ぎゃんっと一声啼《な》いた狼が逃げ去ると、少年は大きく息を吐いた。

アリーセは彼の背の後ろで震えるばかりだったが、左肩を力なく下げた姿に、ハっとする。

（怪我をしているんだわ！）

アリーセはドレスのポケットからハンカチを取り出すと、彼の前に回り込み、両膝をついた。少年は顔をしかめて左腕を右手で押さえている。

「大丈夫ですか？」

ハンカチを見せると、彼は右手を放した。押さえていた部分からは血が流れている。

「大変……」

アリーセはハンカチをそっと彼の腕に押し当てた。

自分をかばって負った怪我だと思うと、申し訳なさで胸がいっぱいになる。

「ごめんなさい、わたし……」

「こういうときは、ありがとうと言ってくれたほうがうれしいんだよ」

苦笑まじりの声に、アリーセは彼を見つめる。灰青色の目をやさしく細めて、彼はアリーセにうなずいた。

「あなたが怪我もなく無事なら、それでいい」

感激のあまり言葉がつまり、喉の奥がつんと痛くなった。

（こんなこと初めてだわ……）

粗忽《そこつ》なアリーセは様々な場面で失敗をすることが多かった。そんなとき責める人はいても、この少年のように慰《なぐさ》めてくれる人はいなかったのだ。

うつむくと、必死に涙をこらえた。

「どうしたんだ？」

「……助けてもらったのが……うれしくて……」

それだけ言うのが精一杯だった。唇を噛みしめていると、少年がアリーセの頭にそっと手をのせる。

「気にしなくていいから」

思いやりのこもった一言に、アリーセは顔をあげた。

アリーセのせいで怪我をしたというのに、彼はにっこりと笑みを浮かべている。

ハンカチを押し当てる手に心持ち力を入れて、アリーセは軽く身を乗り出した。

「わたしはアリーセです。お名前を聞かせて?」

宮廷でたびたび開かれるパーティーでは、目の前の少年を見かけたことがなかった。もしも、今回の狩りで初めて社交界に参加したのならば、きちんと名前を聞いて、父皇帝に褒美を出してもらうようお願いしなければならない。

少年は少し困ったような表情をした。

「お父様にあなたのことをお伝えしたいの。どうか聞かせて」

アリーセが皇女だと知っているから遠慮しているのかもしれない。再度促すと、少年はいったん唇を引き結んでから答えた。

「……ヨーゼフ」

「えっ!?」

アリーセは驚いて小さくのけぞった。今回の狩りの主賓ではないか。

(そんな方に助けていただくなんて)

おまけに怪我までさせてしまった。本来ならば、狩りを心ゆくまで楽しんでもらい、満足してオストフェンに帰国してもらわないといけないのに。

自分が流血したかのように血の気が引いていくアリーセに、ヨーゼフは指を立ててアリーセの唇に押し当てた。

「このことは内緒にしてくれ」

思いもよらぬ一言とヨーゼフの指の感触に戸惑っていると、彼が機嫌を伺うように上目遣いになった。

「わたしを歓迎して狩猟場を開放してくれたのに、怪我をしたなんてことがバレたら、大問題になってしまうから」

説明されて、アリーセはなるほどとうなずいた。

確かに、今回の狩猟はオストフェンの王子であるヨーゼフへの歓迎行事の一環だ。

しかも彼は、戦後の友好を確認するための使者としてローザリア帝国を訪問している。

それなのに、行事の最中にヨーゼフがアリーセをかばって怪我をしたとオストフェンが知ったら、友好どころか険悪になってしまうかもしれない。

（でも……）

ヨーゼフの怪我がすぐに治るはずもなく、どういう理由で怪我をしたのかと周囲の人々に必ず訊かれるだろう。どうするつもりなのだろうか。

アリーセは彼の指が唇から離れると同時に、質問を投げかけた。

「怪我は、どう説明なさるのですか？」

心配顔のアリーセに、ヨーゼフは首を左右に振る。

「気にしなくていい。鹿を撃とうとしたら、反撃されたとでも答えるよ」

「でも……」

冗談めかした言葉に、アリーセは彼の腕を押さえる手に力を込めた。

「申し訳ないです、せっかくローザリア帝国に来てくださったのに」

楽しい思い出を作って帰国してほしいのに、痛みの記憶を残してしまうなんて大失態だ。

「あなたが無事だったから、わたしは満足だよ」

ヨーゼフの思いやりに満ちた物言いに、アリーセは胸の内がポカポカとあたたかくなり、素直な感謝を伝えたくなった。

「ありがとうございます、ヨーゼフ様」

「それでいいんだよ、アリーセ姫」

端整な顔立ちがやさしげな笑みで飾られて、アリーセは彼に尊敬のまなざしを向ける。

「ヨーゼフ様はご立派なんですね」

思慮深くて冷静で、慈愛の心がある。

ヨーゼフは王族として、非常に優れていると思えた。

しかし、彼はアリーセの賛辞に喜ぶどころか憂いがちに瞼を伏せた。

「ヨーゼフ様？」

「立派だなんて……そんなことないんだよ……」

ヨーゼフはいったん斜めに視線を落としてから、笑顔をつくった。

「……送るよ、アリーセ姫」

ヨーゼフは立ち上がると、怪我をしていない右手を無造作に服で拭《ぬぐ》ってから差し出してくる。乾いた血のついた手を、アリーセはためらうことなく握って立ち上がった。

「……休息場まで送るから」

アリーセは頼りがいがある彼の手にすがって歩く。

その思い出は、将来の婚約者との初めての出会いとして、アリーセの胸の奥の宝箱の中に、もっとも大切なものとして保管されることになったのだった。

一章　王子の手紙

ローザリア帝国のエレンブルン宮殿は、夜が更《ふ》けるにつれ、ますます華やかな空気に包まれた。

随所に灯されたシャンデリアの明かりは煌々《こうこう》と輝き、楽団が軽やかなワルツの旋律を奏《かな》でる。

宝石と絹のドレスで着飾った娘と青年が円を描いて踊る若々しい姿があるかと思えば、部屋の隅でしっとりと語らう男女の姿もある。

そんな大広間から逃れ、さざめきを遠くに聞きながら、アリーセは樹木の茂る裏庭を進んだ。

波打つ黒髪、サクランボの形をした漆黒の瞳。目の下の泣きぼくろが色気よりも儚《はかな》さを感じさせるアリーセは十六歳。襟《えり》ぐりが広くとられたデコルテをさらすラベンダー色のドレスを着るには、いささか早すぎると思われるほど頼りない雰囲気をまとっている。

アリーセはたくましい海神像が中央に立つ噴水の裏手にしゃがんだ。それから、ドレスのポケットに忍ばせていた手紙を広げる。

『親愛なるアリーセ。ようやくあなたを妻として迎えることができる歓喜をどんな言葉であらわしてよいかわからない――』

書かれた言葉がひとつひとつ胸に染み入る。

「ヨーゼフ様、わたしもです……」

アリーセは眉尻を下げ、手紙を何度も読み返す。

ヨーゼフは隣国オストフェン王国の国王であり、アリーセの婚約者だ。即位して半年、政情が落ち着いたという理由で、アリーセとの結婚を正式に申し入れてきた。帝国はむろん了承の意を示した。国力の差を考えたら、断ることなどできないからだ。

『元は我が国の一部だというのに忌々しい』

そんな本音を、皇族たちはみな押し隠している。

オストフェン王国は、元は帝国の国境沿いに位置する辺境伯領だった。帝国の一貴族に籍を置いていたのだ。

ところが、彼らは時流を摑む力を持っていた。

豊富な埋蔵量を誇る石炭と鉄鉱石を利用して産業を振興し、軍備に力を入れ、着々と力をつけた。そして六年前、とうとう帝国に独立戦争をしかけたのだ。

（帝国は敗北した……）

帝国は、領土は広くとも衰えていく一方の国だ。皇帝が変革を望んでも、国内の貴族の抵抗が激しい。自分たちの利益を守るために、彼らは官僚の作成した改革案を骨抜きにする。その官僚たちの中にも、自分たちが認可の権限を持つ組織から賄賂《わいろ》をもらう者がいて、職務に一途とは言い難かった。

『腹立たしい王国でも、彼らの要求を拒否する力は帝国にない。アリーセひとりの犠牲で彼らが満足するなら、それが最善の道ではないか』

父である皇帝も、兄である皇太子も、自分が輿入《こしい》れをせずに済むことにほっとしている姉たちも、同じことを考えていると知っている。

アリーセは皇帝の三番目の皇妃の娘。家柄だけはよいが、実家に力のない皇妃はずっと軽んじられてきて、アリーセの結婚に一切意見を差し挟むことができなかった。

『アリーセ、我慢なさいね。オストフェン王国なんて、あんな田舎におまえを嫁にやりたくはないのだけれど』

臆面《おくめん》もなく語る母皇妃の言葉を聞きながら、アリーセは心の中でつぶやいていた。

『わたしは喜んでヨーゼフ様に嫁ぐのに』

ヨーゼフに助けてもらった秋の日を思い出す。

あのころは、独立戦争が終わり、和平を結んだあとの微妙な時期だった。それにもかかわらず、ヨーゼフは怪我をしてでもアリーセを助けてくれたのだ。彼に対して好意が芽生えるのは当然のことだろう。

（いつから、ヨーゼフ様に恋をしはじめたのかしら……）

淡い憧憬《どうけい》がはっきりとした恋慕に変わった時期はわからない。

けれども、手紙のやりとりをする中で、ヨーゼフに寄り添いたいと思うようになったのは確かだ。

『アリーセ、元気を出してください。他の者と比べて、自分を見失ってはいけません。あなたは自分の控えめな性格を厭《いと》うておられるが、その控えめな心映えからは、他人を尊重するやさしさが感じられます。あなたの美徳を決して消さないでください』

『アリーセ、偉大な帝国の娘にふさわしくないと自身を卑下《ひげ》なさるのは、おやめなさい。多種多様な民族と長い歴史を有する帝国は懐《ふところ》の深い国です。わたしがあなたから感じるのは、その懐の深さであり、すべてを包むやさしさです。どうかご自分を小さくお考えにならないように』

ことあるごとにかけられた励ましの言葉に、どれほど助けられたかわからない。

（わたしは何でも下手だから……）

刺繍《ししゅう》をすれば図柄が歪み、ピアノを弾けば音をはずす。情熱的なソネットを作って評価される長姉や、ダンスが得意な次姉の器用さは持ち合わせていない。

「それにしても、オストフェンに嫁がねばならぬとは、アリーセ様もお気の毒だ」

枝を踏む音と共に笑い含みの男の声が聞こえて、アリーセはびくりと肩を震わせる。男に答えるのは、嘲笑《ちょうしょう》をにじませる女の声だ。

「仕方ないでしょ。姉上おふたりは、あんな成り上がりに嫁ぐなんて嫌だと皇帝陛下に訴えておられたそうだし」

「皇女殿下方のお気持ちはよくわかる。熊しかいない田舎だしな」

「まあ、嫌だ……！」

けらけらと笑う軽薄な声に、アリーセは唇を噛む。

「オストフェンには文化の欠片もないと我が国の音楽家が逃げ帰って来たのは有名な話。まことオストフェンは野蛮な国よ」

「オストフェンの宮殿に、文化をたしなむ者たちなどいませんものね」

「ヨーゼフ王は常に軍服を着ている粗暴《そぼう》な男だというしな」

「本当に、アリーセ様で大丈夫なのかしら。ヨーゼフ王に数年来の愛人がいるのは、有名じゃないの」

女の言葉を聞いたとたん、アリーセの胸に鋭いひびが走った。

「知らないんじゃないのか、アリーセ様は」

「そうかもしれないわね。あのお姫様はおっとりとしていらっしゃるから」

「おっとりじゃなく、鈍いんだろう」

男の笑い声も耳を過ぎていくばかりだ。

（それくらい、知っているわ……）

手紙を持っている手に力がこもる。ヨーゼフに愛人がいることなど、すでに了解済みだ。

（相手は女官として仕える貴族の娘……）

名はイリスという。さして身分の高くない騎士階級の娘である彼女が宮廷に出仕するようになってすぐに、ヨーゼフは彼女を寝室に招いたらしい。深い仲になった彼女は離宮に囲われていて、オストフェンでも顔を知らない者が多いらしかった。

（他の男に会わせないためだというけれど……）

誰にも会わせないことが、かえって彼女を大切にしている証に思えてならない。

「アリーセ様なら、かえってうまくいくかもしれないぞ。愛人と争おうとはなさらないだろうからな」

「まあ、よく言うわ。あなたみたいな不実な男にこそ、アリーセ様はふさわしいとおっしゃるつもりなの？」

笑いがこぼれたあと、派手なくちづけの音と熱いため息がこぼれる気配がした。

アリーセは、ますます身を小さくして噴水の陰に縮こまる。

（こんなところで逢引をしているの……？）

宮殿を脱け出して、ふたりきりの時間を愉しんでいるのだろうか。

長い冬が終わり、レンギョウの花が咲き乱れる春。分厚いコートを脱ぎ捨てた解放的な気持ちのままに、乱れた逢瀬が行われているのだろう。

『ローザリア帝国の宮殿は道徳的に爛《ただ》れている』

国教である星十字教の聖職者たちから、そんな非難を浴びているが、もっともだと頷かされる振る舞いだ。

「まあ、伯爵様、こんなところで何をなさっておいでなのです？」

邪気のない問いかけが闇に響き、アリーセの心臓が大きく鳴った。

「い、いや、これはパメラ嬢。ダンスをしていたら、暑くなりましてね」

「ああ、涼みに来られたのですか。そちらにいるのは、ドートレンヌ子爵の奥様？」

「ええ、まあ……あら、パメラ様も涼みに来られたのですか？」

「そうですわ」

「そ、それでは、わたくしたちは失礼しますわ。ごゆっくりどうぞ」

あわただしい衣擦れの音が聞こえなくなってから、パメラの呼びかけがした。

「アリーセ様。どちらです？　いい加減に出てこないと、明日は朝からダンスのレッスンを入れますよ」

凄みのある脅しに、アリーセは渋々立ち上がった。

「ここよ、パメラ」

「まったく……いくらパーティーがお嫌いだからって、ご自身の門出《かどで》を祝うパーティーから逃げ出すお人がありますか」

パメラが細い腰に手を当ててすごんできた。

闇の中でもほんのりと光を帯びる白金の髪と濃緑の瞳。口紅で強調された大きな唇。コルセットで締めた腰は蜜蜂《みつばち》のようにくびれ、デコルテをあらわにするミモザ色のドレスがよく似合っている。

アリーセはひとつ上の乳姉妹を上目遣いで見つめる。

「ごめんなさい。その……オストフェンの大使から手紙をもらったものだから……」

「手紙って、もしやヨーゼフ様からですか？」

訊かれてうなずくと、パメラが額に手を当ててため息をついた。

「今、ご覧にならなくてもよろしいじゃありませんか」

「どうしても読みたかったのよ。ヨーゼフ様がこの婚約にご満足かどうか知りたかったし……」

「ご満足も何も、これは国と国との約束。ヨーゼフ様が今さら心変わりをなさるとでも？」

「それはそうだけど……」

「ヨーゼフ様がどうお考えかなんて、はっきり言ってどうでもよいことです。結婚は決まり、あとは履行するだけなんですから」

「……パメラの言うとおりよ」

アリーセはポケットに手紙をしまいながら、ため息を呑み込んだ。

（そうよ、政略結婚なのだもの。お互いの気持ちがどこにあるかなんて、どうだっていいのだわ）

ヨーゼフが何を考えようがどうでもいい、というパメラの発言は、アリーセにも当てはまる。

この政略結婚に関してアリーセがどう考えるかだって、両国にとっては問題にならない。

(わたしに望まれるのは、正式な結婚から生まれた世継ぎを残すこと)

それこそヨーゼフの愛人にはできないことだ。

たとえ力を失いつつあるとはいえ、ローザリア帝国は四百年の歴史を有する。脈々と続く名家の血は、アリーセの唯一の武器だと言えた。

「即位してすぐアリーセ様との結婚を申し入れるのは、ヨーゼフ様が帝国の権威を必要としているからです。あちらの考えを忖度《そんたく》するより、堂々と胸を張って輿入れすればよろしいんです」

胸を張って正論をぶつけられれば、アリーセはうなずくしかない。

「……わかってるわ、パメラ」

そんなことくらいわかっている。

この結婚は両国の妥協の産物で、個人の意思の及ぶところではない。

だからといって、アリーセの心が穏やかでいられるわけでもなかった。

(……わたしはヨーゼフ様が好き)

幼いあの日の出会いは、今思えば奇跡だ。あのとき、命を助けてもらわなければ、アリーセは狼の腹の中に収められていたかもしれない。

(とうとうヨーゼフ様と結婚する……)

好きな殿方に嫁げる。それは最高の喜びのはずなのに、心の中にぽっかりと空隙《くうげき》があるのは、アリーセの想いと彼の想いが等価ではない可能性が高いという予感がするからだ。

彼が本当に愛しているのは愛人で、アリーセとの結婚は義務だと考えているなら、あまりにも悲しすぎる。

(たとえ、今の世の中がそうなっているとしても……)

王族や貴族にとって結婚は国や家を繋ぐものだ。結婚は互いの家名を背負ってする義務であり、恋愛は愛人とするものというのが常識になっている。

聖職者たちは口を極めて非難するが、結婚という家の義務と恋愛という個人の嗜好《しこう》を両立させるための方策なのだ。

(わたしは幸せなのだわ、愛する方と結婚できるのだもの)

ときには憎悪する男と添わねばならぬのが政略結婚だ。

「アリーセ様、ヨーゼフ様に憧れを抱きすぎではありませんか？」

パメラの目には案じる色がにじんでいる。

「そ、そんなことは……」

「ことあるごとに手紙を読んでいらっしゃる。気持ちを落ち着けるためとおっしゃいますが、やりすぎです」

「そ、そう？」

図星をつかれて、アリーセは胸に手を当てる。

「こう言ってはなんですが、ヨーゼフ様のいい噂を聞きません」

「……知ってるわ」

アリーセは身体から力が抜ける思いでうなずく。

オストフェン国内から漏れ聞こえる彼の噂は、ろくなものではなかった。

鉱山に無理な産出を強要し、工場の生産量を極端に高めることを要求する。軍備増強にしろ、都市計画にしろ、現実離れした数字ばかり。しかも、達成できない場合、強制労働や罰金の徴収といった手厳《てきび》しい罰則が待っている。

『慈悲を知らぬ王』――それがヨーゼフのあだ名だった。

「王たるもの、寛容であらねばならないというのに、ヨーゼフ様の振る舞いはあまりに無慈悲なもの。アリーセ様が嫁ぐにふさわしいお相手だとは思えません」

「何を言ってるの、パメラ」

ぎょっとするアリーセに、パメラが距離を詰めた。彼女からは爽《さわ》やかな香りがした。シトロンの香水の香りだ。

パメラはきりりと眉を吊り上げて、アリーセの手を握った。

「ヨーゼフ様に期待を持ちすぎてはいけません。失望が大きくなるだけです」

「そんな……」

アリーセは足下に視線を落とす。

手紙の中のヨーゼフはいつも思いやりに満ちている。

『アリーセ、自分の美徳に目を向けてください。影に囚われてはなりません。あなたに影があるというなら、同時にあなたの中に光もあるのです』

『式典のときに失敗したと落ち込んでおられますが、わたしはむしろその場にいたかったと悔しく思っております。きっと、その場にいる人々の中には、リラックスした者もいるでしょう。ひとつの失敗で自分のすべてを否定するのはいけませんよ、アリーセ。あなたの中には善きものが満ちているのですから』

すっかり覚えてしまうほど何度も読んだ。あの手紙がすべて嘘だとは思えない――思いたくない。

一呼吸を置いてから、アリーセはパメラの手から自分の手を抜くと胸を押さえた。

「わたしは、ヨーゼフ様を信じてるわ、パメラ」

ヨーゼフの様々な――はっきり言えばよくない噂を聞くたびに、心はぐらぐらと揺れた。手紙に書かれてある彼の言葉は、本当なのか否か。

(何が真実か、違う国にいるわたしには結局のところわからない)

支配者は常に政敵を抱えている。本人の気質にかかわらず、必ず敵はいるものだ。

おまけに、オストフェンは新興国でもあった。それゆえ、無理をして国を発展させようとしている部分があるとも聞く。彼を憎む人間がいるのは当然だろう。そんな人間が流す悪評だけを信じるのはどうかしている。

「アリーセ様」

ただでさえ大きな目を見張ったパメラは迫力がある。アリーセはあわてて首を振った。

「パメラの意見はありがたいと思っているのよ。でもね、でも……誰もヨーゼフ様を信じないと言うなら、わたしだけでも信じたいの」

　アリーセは懸命に訴える。

「だって、あの手紙は本物だもの。そうでしょう？　心にもない励ましをあんなふうに書けるかしら。わたしには書けると思えない」

　アリーセは静かに話そうとしたが、次第に熱を帯びてくるのは止められなかった。

　ヨーゼフは毎月——ときには月に数度も手紙を送ってくれた。しかも、その手紙は常にあたたかみに満ちたものだった。

　そんな手紙を冷酷非道な男が書けるはずがない。噂は、ヨーゼフを貶めようという企みから流されたものかもしれない。そんな噂を信じて、ヨーゼフを疑ってはいけない。

「ヨーゼフ様はいい人よ。いい人だけど、なぜかあまり好かれなかったり、悪い噂を流されたりする方っているでしょう？」

　アリーセは、注意を引きつけるため、家庭教師たちを真似して指を立てて振った。

「……確かにおられますけど」

　不思議なもので、善人だから好かれるかといえば、そうでもないのが世の中だ。ヨーゼフだってそうかもしれない。善意を誤解されているかもしれないのだ。

「だから、ヨーゼフ様を噂だけで判断するのは駄目だと思うのよ」

「火のないところに煙は立ちませんよ」

パメラの皮肉に、アリーセはうっと息を詰まらせてから答えた。

「なんにせよ、噂を鵜呑《うの》みにするのは軽率なことよ。わたしは、ヨーゼフ様が送ってくださった手紙を信じるわ」

ヨーゼフに手紙を送ると、彼は間を置かずに返信してくれた。あれこそ彼の真心の証だと思う。

パメラはしばし困ったように眉を下げたが、納得してくれたのか小さな笑みを浮かべた。

「アリーセ様のお気持ちはわかりました」

「パメラ……」

貴族の令嬢たちとなかなか打ち解けることのできないアリーセにとって、乳姉妹のパメラは誰よりもそばにいてくれる、かけがえのない存在だ。彼女がアリーセの心をわかってくれるというなら、アリーセにとって、何より心強いことなのだ。

「ありがとう、パメラ」

伸ばした手を彼女はぎゅっと握ってくれる。

「どうぞご安心くださいませ、アリーセ様。パメラはいつだってアリーセ様の味方です」

ぬくもりを伝えあっていると、アリーセの決意はますます固くなるようだった。

二週間後、オストフェン王国への出発が迫り、荷造りの準備はピークを迎えた。

婚礼道具は半年前から準備をはじめ、不足のないようにしたつもりだった。それなのに荷をまとめるときになって、小物が足りない、もっと宝飾品が必要などと母が騒ぎだして、女官たちは右往左往する始末だ。アリーセはといえば、これまでもらった手紙をトランクに詰めている姿を母に見られて、大げさに肩をすくめられた。

「アリーセ、そんな手紙など余計な荷物になるだけでしょうに」

「そんなことはありません」

「どうせ本人に会うのに……そんなものを持参するくらいなら、宝飾品をお父様におねだりすればよかったのだわ」

首を振る母を見上げて、アリーセはあきれた。宝飾品なら十を超えるセットを持参する用意をしていたのだ。

「お母様。聖典にも書かれてあるでしょう。度を越した贅沢《ぜいたく》をしてはならないって」

神の教えは過度な贅沢を戒《いまし》めている。もしも富を得たならば、それを貧しき人々に分け与えるように教えているのだ。

「まあ、聖典の教えだなんて……。そもそも、聖職者たちが神の教えに反しているじゃないの。様々な名目で寄付を求めて、毎日の食卓はごちそう三昧《ざんまい》。そんな聖職者がごまんといるのよ」

アリーセは喉に息を詰まらせた。残念ながら母の言うとおり、神に仕えるというよりも、金に忠義な聖職者が存在すると聞いたことがある。

「せっかく皇族に生まれたのですよ。欲しいものはすべて手に入れるべきだわ、アリーセ。

神がそういう運命をご用意なさったのですもの。絹のドレスを着て、宝石を身につけていいのよ」

母は首につけている重そうなネックレスの宝石をいじりだした。中央に位置するうずら形のダイヤモンドに涙形のルビーが連なるすばらしいネックレスだが、アリーセはうっとり眺めるというよりも、非難のこもったまなざしを向けてしまう。

「わたしには、できません……」

頑《かたく》なな返答に、母は眉を吊り上げた。

「神に聖典に聖職者。あなたったら口に出すのは辛気《しんき》くさいことばかり。そんなことじゃ、オストフェンの国王にだって愛想をつかされるでしょうよ。王は愛人を大切に囲っているそうだから」

母は美しく襞の寄せられたドレスを揺らしながら部屋を出ていく。アリーセは力なく頭を垂れた。

その日の午後。アリーセは帝国の首座教会であり、皇族が洗礼を受ける場でもある、聖オクタヴィア教会へと赴《おもむ》いた。パメラと護衛を付き従えてはいるが、お忍びの外出である。

教会に入り簡単に礼拝を済ませると、アリーセは教会前の広場で行われている炊《た》き出しの係に加わった。

「さ、どうぞ」

アリーセは炊き出しの行列に並んだ老人の手に、スープのたっぷり入った椀《わん》を差し出した。

うつむいた老人は片手で十字を切ると、こんどはパンを配る列に並んでいる。

聖オクタヴィア教会が週に一度、貧しい人々のために行う炊き出しを手伝うのが、アリーセの習慣になっていた。

今日も野菜やベーコンをたっぷり使って作ったスープの入った大鍋の前に陣取り、椀にスープをついで渡す手伝いをする。

次に並んだ男児に碗を手渡すと、彼はおずおずと頭を下げた。

「ありがとう」

「遠慮なく食べてね。パンもきちんともらうのよ」

アリーセは微笑んで、パンの列を案内した。この男児は毎週のように来ているから列の案内など必要としないだろうが、少しでも声をかけて交流をしたかったのだ。

「わかってる。ねぇ、スープのおかわりある？」

「うーん、どうかしら……」

振り返ると、練炭《れんたん》コンロに大鍋をのせ、新たなスープを仕込んでいる修道士の姿が見える。スープは常にたっぷりと用意されているが、集まる人数によって、なくなる速さは違うのだ。

「おかわりが欲しいなら、早めに来てね」

「わかった」

男児は大きくうなずくと、パンの行列に並ぶ。

アリーセは痛ましさと微笑ましい気持ちを心の中で味わいながら、男児を見つめる。

(あんな子どもがいることを、お父様たちは知っているのかしら)

むろん皇帝である父は、この世に貧富の差があることも、恵まれない子どもがいることも知っているはずだ。

けれども、父皇帝にそんな話をしようとすると、いつも耳元でブンブン飛ぶハエを追い払うような仕草をされる。

『政治に必要なことは大局を見て判断すること。瑣事《さじ》にとらわれるわけにはいかない』

その一言が冷たく思えてしまうアリーセは、きっと政治には向かないのだろう。

(でも、何もしないではいられない)

神は裕福に生まれたならば、貧しき人々のために財貨を分かち与えよと命じた。

アリーセはそれに従いたいと望み、聖オクタヴィア教会が催す炊き出しやバザーを手伝うようになった。オストフェンに嫁いでしまっては、もうそんなことはできないが。

(今日が最後だから、心を尽くして手伝おう)

だが、行列の人々にスープを配っていると、パンの行列から悲鳴が聞こえた。アリーセがそちらを見ると、スープを配ったあの男児が中年男に襟首を摑まれている。

「ごめんなさい、ごめんなさい！」

「ごめんで済むか、スープをぶっかけやがって！」

泣き叫ぶ男児にこぶしを振り上げる中年の男の光景に呆然としたのも一瞬、アリーセはおたまをその場に放り投げると、男児に駆け寄る。

「おやめなさい！」

自分でも驚くほどの声が出た。男児を助けねばと必死だったのだ。

ふたりを囲む見物人の間をすり抜けて、その子を横合いから抱きしめた。

「子どもを殴るのはおやめなさい！」

「なんだ、おめぇ」

薄汚れた男は男児の襟首を放すと、アリーセを血走った眼で見る。

「大人が子どもを殴るなんて、とんでもないことですわ」

腕力の差が明らかなのに、一方的に暴力を振るうなんて許しがたい。

「その子どもが俺にスープをかけたんだぞ!?」

臭い息と唾《つば》を吐き散らしながら男はわめく。アリーセは懸命に説得した。

「それは本当に災難でしたわ。でも、わざとしたわけではなく、きっと手がすべっただけだと思います。どうか、そんなに怒らないでくださいい」

アリーセの言葉に男児がぎゅっと抱きついてくる。推論を述べただけだが、おそらく真実だったのだろう。

「俺の服はどうしてくれるんだよ!?　スープでベトベトにされてよぉ」

けんか腰の男をなだめるために、アリーセは穏便に済ませられそうな案を提示した。

「新しい服をご用意しますわ、それでいかがでしょうか？」

アリーセの提案を聞いた男は、みるみるうちに顔を赤くした。

「新しい服をやれば俺が黙るとでも思ってんのか、てめぇは!?」

襟首を掴まれて、アリーセは面食らう。なぜ男が激高しているのかわからない。

「な、何をなさるんですか？　新しい服はお嫌なのですか？」

「服だけじゃ足りねぇよ。詫《わ》びの金を寄越せや！」

唖然《あぜん》とする要求だった。スープがかかって服が汚れたのは災難だったと思う。けれども、相手は子どもだ。手がすべっただけで悪気はなかっただろう。さらに、新しい衣服を提供するとアリーセは伝えている。なのに、金まで要求してくるのが理解できない。

「詫びの金って……」

「俺はなぁ……火傷《やけど》したんだよ、そいつのせいで。詫びの金が要るだろうが、姉ちゃん。そうだろう!?」

大声でわめかれて、アリーセは思わず顔をしかめてしまう。男の発言にも態度にも当惑するばかりだ。

「どうしてくれるんだよ、あぁ痛ぇ」

わざとらしい物言いに、アリーセもここでようやく気づいた。男は金を脅しとるために演技をしているのだ。

（なんて方かしら……）

男児の失敗を、金を得るために利用しようとする考えが、どうしても許せない。

「火傷などしていらっしゃらないでしょう？　お金はあげられません。新しい服は差し上げますから、それで我慢してください」

アリーセの直截《ちょくさい》な物言いに、男は眉を吊り上げた。

「ふざけんな！」

男がこぶしを振り上げる。

（殴られる！）

とっさに目を閉じたが、痛みや衝撃はまったく訪れなかった。怪訝に思って瞼を開くと、そこには、男の背後に立ちその肩に手を置いている聖職者の姿があった。

「アルベルト大司教様……」

老境を迎えたアルベルトは、清潔感のある白い丈長の聖衣に黄金色の糸で刺繍された肩掛けを合わせている。穏やかさの中にも威厳を感じさせるのは、ローザリア帝国の教会を統括する存在だからというだけではない。清廉潔白《せいれんけっぱく》な大司教は、皇帝にも率直に意見を言うために、多くの信者から尊敬されているのだ。

「神の前で諍《いさか》いをするのは、おやめなさい」

「……申し訳ありません」

大司教の言うとおりだと、アリーセは胸の前で十字を切って口の中で祈りを唱える。

「あなたもですよ。神の前で弱き者を殴るなど、決して許されぬことです」

男は口内で何か文句らしき言葉をブツブツとつぶやいている。

「いいですか？」

大司教の念押しに男はアリーセの襟首を解放した。

「……わかったよ」

男はふいと横を向き、見物人を肩で押しのけて去って行った。

アリーセが安堵の息を吐くと、男児が腰に抱きつく力を強めて、堰《せき》を切ったかのように泣きじゃくった。

「ごめんなさい、ごめんなさい！」

「気にしなくていいのよ」

アリーセは男児の髪を撫《な》でて慰める。

「怖かったわね、新しいスープをあげるわ」

男児の肩を抱えて列に並ぶと、新しいスープをもらう。パンもついでに手に入れて、男児を広場の一角に誘った。長机と椅子が置かれたそこで、みな黙々とスープをすすっている。さっきのような人物がいないことを確認してから、男児を椅子に座らせた。背もたれの背後から彼を覗いて微笑む。

「わたしは炊き出しを手伝っているから、おかわりが欲しかったら、また来てね」

「ありがとう」

男児は礼を言うと、スープのさじをすくって口に入れる。よほどお腹が空いていたのか、椀に口を近づけるようにして食べだした。

(よかったわ)

炊き出しに戻ろうとすると、途中でパメラとアルベルトが待ちかまえていた。

「アリーセ様、また、あんな無茶をなさって」

パメラが渋面でたしなめると、アルベルトが穏やかに微笑んで同意する。

「まったく、アリーセ様には驚かされますな」

「驚くどころじゃありませんよ。洗い物の最中に修道士に呼ばれて駆けつけたら、アリーセ様が無礼者にけんかを売られているのか売っているのかわからない状態になっているんですから」

とパメラがため息をつけば、アルベルトも苦笑をたたえてうなずいた。

「パメラ殿に助けを乞われたときは驚きましたよ。アリーセ様がとんでもないことになっているとうろたえるばかりでしたから」

「すみません……」

ふたりの小言に謝るしかないアリーセである。

「まったく！　護衛の者たちは何をしてるんでしょう!?」

パメラの怒りが護衛にぶつけられるのを聞いて、アリーセは気まずげに目をそらしつつ答えた。

「わたしが買い物に行ってと頼んだのよ。ちょうどベーコンを切らしたから」

アリーセの返答にパメラは絶句し、アルベルトは声を放って笑いだした。

「まったく……アリーセ様は本当に皇女殿下らしからぬお人ですな」

アルベルトは笑いを収めると、背後にそびえる教会を仰いだ。

「アリーセ様のご出立《しゅったつ》も間近です。神にご無事を祈りましょう」

「はい」

アリーセは大きくうなずく。

愛する聖オクタヴィア教会を訪れたのは、炊き出しを手伝うためであり、教会に最後の別れを告げるためでもあった。

白い聖オクタヴィア教会は夕陽を受けて薔薇《ばら》色に染まっている。

三人揃って教会の前まで来ると、アリーセは感慨深くそれを見上げた。尖塔《せんとう》がいくつも天に向かい、厳めしい聖人と穏やかな聖女が出迎えてくれる教会は実にすばらしい。

「この教会を訪れることもなくなるのね……」

「アリーセ様をお迎えすることがなくなるかと思うと、寂しいものですよ」

アルベルトのしみじみとした言葉は、アリーセの胸を感激で満たした。

「恐れ入ります、大司教様」

アルベルトが教会の入り口へ続く階段を上りながら、斜め後ろのアリーセに語りかけた。

「そういえば、オストフェンにも聖母に捧げた教会があるそうですね。ヨーゼフ王が直々に建築の指示を出されて、今も建造中だとか」

「はい、ヨーゼフ様からのお手紙にも書いてありました。聖母の教会は、内部の装飾に力を入れているのだとか」

「オストフェンは信仰の篤い国と聞きます。アリーセ様が少しでも心の慰めが得られるなら、喜ばしいことです」

「はい、わたしも聖オクタヴィア教会と同じくらい好きになりたいです」

修道士が開けてくれた扉を通り、アルベルトに続いて聖オクタヴィア教会に入った。

聖オクタヴィア教会は、殉教《じゅんきょう》の聖女として名高い聖オクタヴィアに捧げられた教会だ。

はるか昔、星十字教が世に広がりつつあるとき、当時の皇帝は星十字教の教義を嫌って弾圧した。信徒に残酷な拷問をして改宗させようとしたが、信徒たちは星十字の祈りを唱えながら耐えたという。

そんなある日、皇帝の婚約者であるオクタヴィアが星十字教の信者であると発覚した。彼女は棄教《ききょう》の説得を聞かなかったため、やむなく拷問を受けたという。

しかし、鞭《むち》打たれ、爪をはがされる拷問を受けても、彼女は改宗しなかった。それどころか、高らかに祈りを唱え、星十字の神を讃えたため、周囲は驚愕したという。

皇帝は、そんな彼女を憎み、生きたまま火にかけた。それでもなお棄教しなかった高潔なオクタヴィアは、のちに聖女と認定されたのである。

聖女に捧げられた聖オクタヴィア教会の内部は、帝国一の教会にふさわしい荘厳な空気が満ちている。正面の祭壇《さいだん》には救世主の像が立ち、その周囲には宝石や貴石で埋め尽くされたレリーフが飾られている。オクタヴィアの殉教の場面が表現されたそれらの美しいレリーフには、神への畏敬《いけい》の念が自然と湧いてくる。

内陣の前まで来ると、アリーセはひざまずいて祈りを捧げた。

帝国の平穏と旅の安全を祈る間、アルベルトは頭上に振り香炉《こうろ》を掲げてくれる。甘い香の香りを嗅《か》ぎながら、アリーセはひたすらに祈った。

しばらくして顔をあげると、アルベルトが満足そうにうなずいた。

「アリーセ様は、実に長く献身を続けられた。たびたびこの教会を訪れ、祈りを捧げられていたこと、炊き出しをお手伝いしていただいたこと、まことに感謝しております」

「ありがとうございます」

「オストフェンに嫁がれても、神のご加護があるようお祈りいたしております」

思いやりに満ちた言葉に、アリーセは眉尻を下げた。

「どうなされた？」

「……オストフェンでうまくやっていけるか心配なのです」

アリーセは素直に不安を訴えた。

ヨーゼフへの思慕は深いけれども、皇族の結婚は好きや嫌いで片づけられるものではない。

求められるのは、王妃としての義務を果たすこと。しかし、アリーセには、オストフェンの臣下が、民が、なによりヨーゼフが認める王妃になれるかどうか自信がないのだ。

アルベルトは香炉を片づけると、内陣から出てきて、アリーセの手をとり立たせた。

「敬虔《けいけん》で慈しみ深いアリーセ様は、王妃にふさわしいお方です。何をそのように気に病んでおられるのですか？」

たずねられて、アリーセは何度か喉を鳴らす。

「わたしのような……取り柄のない娘が王妃になるなんて、本当にいいのかと思ってしまって……」

我ながら情けなくなる弱音を吐いてしまう。

宝石とドレスに身を包み、常に社交の場を盛り上げる姉皇女たちなら、こんな考えを欠片も抱くことはないだろう。

（だけど、わたしは……）

刺繍や音楽、ダンスといった貴族の娘の趣味が苦手で、性格もおよそ社交的とはいえない。王妃になるには、欠点ばかりが目についてしまうのだ。

アルベルト大司教はアリーセを導き、祭壇に向かい合うようにした。

祭壇に佇む救世主の像は、人々の苦悩を受け止めるように両手を広げている。その傍らに膝をつく聖オクタヴィアの像は、両手を合わせて救世主を見上げている。その聖オクタヴィアの表情は晴れやかで、神と救世主への一途な信仰があらわれていた。

「アリーセ様。信心深いあなたには、どんなときも神がついておられる」

「大司教様」

傍らにいるアルベルトの横顔をアリーセは見上げる。彼は胸の前で十字を切ると、慈愛にあふれたまなざしを向けてくれた。

「アリーセ様は常に教会に尽くし、貧しき人々を助けてきました。オストフェンでも帝国と同じようにしていれば、みながアリーセ様を王妃として受け入れてくれるはずですよ」

「そうでしょうか」

アリーセは心に根を張った不安を漏らした。

何かしらに秀でていたら、結婚に怯《おび》えることもなかっただろう。しかし、自分を魅力的に見せるものがないアリーセは、どうしても心細さを覚えてしまう。

「アリーセ様、大切なのは魂の美しさですよ」

アルベルトはアリーセと同じく祭壇を見つめて語る。

「表面だけを取り繕っても、なんの意味もない。魂の美しさこそが人を輝かせるのです」

アルベルトの声にはミサのときと同じく、聞く人を高揚させる力強さがあった。アリーセは思わず胸の前で十字を切ると、神に祈りを捧げる。

（どうか、見守ってください）

アリーセは不安を希望へ変えるべく、一心不乱に祈り続けた。

二章　皇女の輿入れ

教会に赴いた翌日、アリーセはオストフェンへと出立した。

オストフェンは、帝国の北東に位置し、元は東方から侵略してくる異教徒たちの防衛を担っていた。帝国に迫り来る異教徒を何度も撃退した記録が残っており、帝国でも大きな勢力を有した貴族だった。

そのため、帝国からは常に警戒心を抱かれていて、オストフェンが独立宣言をしたとき帝国の者たちはやはりそうなるか、とある意味納得したらしい。

しかし、だからといって、認めるわけにはいかなかった。長い歴史を誇る帝国が新興国に敗北するなど恥以外の何ものでもない——そう考える人間は多かったのだ。そのため、オストフェンが帝国の領土に侵入したとたん、戦争の火蓋が切って落とされた。

オストフェンは異教徒たちと戦闘を繰り返した歴史があり、徴兵制を敷いているため、兵士はよく訓練されていた。軍装はきらびやかだが、ろくに鍛練をしていない帝国の兵士がオストフェンの厳しい訓育を受けた兵士に勝てるはずがない。

帝国は連戦連敗し、周辺国の仲介で和平条約を結ぶ有り様だったのだ。

(そして四年前、わたしとヨーゼフ様との婚約が決まった)

アリーセはいわば人質のようなものだ。けれども、帝国はにぎにぎしく婚礼の準備を整え、威勢を見せつけるかのような隊列を組んだ。

「それにしても、暇《ひま》ですね。馬車の中でずーっと過ごすのは退屈です」

パメラはわずかに開いた扇《おうぎ》であくびを隠した。

「仕方ないわ。オストフェンまで馬車で二十日はかかるんだもの」

夜通し馬を飛ばせばもっと早く到着するらしいが、花嫁を乗せた隊列がそんなに急げるはずもない。

夜になれば宿に泊まらなければならないし、そうなったら、街道沿いの領主に接待される。

外交官として同行しているシュベリーン伯爵は、付き合いを避けてはならないと説教をしてくる始末だ。

『皇女としての威厳を見せつけねばなりませんよ、アリーセ様。田舎住まいの臣民に帝国の娘をもてなす役目を与えてやらなければ』

シュベリーン伯爵は口が悪い。

(伯爵が一々領主のところに寄るのは、袖《そで》の下を得るためだとパメラは言っているけれど)

シュベリーン伯爵は、少し話しただけでも目端のきく人物だとわかるくらいだから、パメラの言動は真相に近いのかもしれない。

「それにしても……その手紙、何度ご覧になったら気が済むんですか？」

パメラが扇の陰からアリーセをちらりと見た。

アリーセは膝に置いていた手紙に覆いかぶさる。

「どうしても読みたくなって……」

持参した手紙を、アリーセは馬車の中で繰り返し読んでいた。

「アリーセ様ったら、暗記するほど読んでいらっしゃいますよね」

「だって、これを読んでいたら、落ち着くのだもの」

婚礼間近で固くなった心をほぐしてくれるのは、ヨーゼフからの手紙だった。

時々込み上げてくる不安が、彼の流れるような筆跡に目を走らせているうちに消えていくのだ。

パメラは扇を少し下げると、ふうと息を漏らした。

「子どもじゃないんですから」

「そんなふうに言わなくても」

「言いたくないですけどね、言わずにはいられませんよ、オストフェンに行っても大丈夫なのか、心配でお腹が痛くなりそうなんですから。そもそも――」

何かを言いかけて、パメラは小言を連射していた唇をあわてて閉ざした。それから朱唇をきりりと引き締める。

「どうしたの、パメラ」

「なんでもございません」

扇の陰に顔の下半分を隠すと、パメラはそっぽを向いた。

「なんなの、気になるわ」

「どうぞお気になさらず。アリーセ様はお手紙を読んでいらしてくださいな」

当てこすりに近い言い方に、アリーセは少し眉を寄せてしまう。

「わたしに隠しごとをするなんて……」

「隠しごとくらいさせてくださいよ。あたしだって、悩みの種は尽きないんですから」

「そうなの？」

「そうですよ」

パメラはふうと息をつく。

アリーセはパメラの憂《うれ》い顔を見て、質問を重ねるのをやめた。

だが、彼女の発言の意味を考えるため、頭を猛烈に働かせだす。

（……もしかして、お付き合いしていた殿方と別れたのかしら）

パメラとは幼いころからずっと一緒だ。秘めごとのない関係だとは思うけれど、もしかしたら、アリーセの知らない恋人がいたのだろうか。

（わたしについてくることで、別れる羽目になったのではないかしら）

アリーセがオストフェンに輿入れするならば、パメラが付き添うと当然のごとく決まっていたし、アリーセも不思議に思わなかった。ある意味、実の姉たちよりも心を許した仲なのだ。

(もしかしたら、パメラには国を離れたくない事情があったのかしら……)

そうだったとしたら、パメラに申し訳ない。

アリーセはパメラに頭を下げた。

「パメラ、ごめんなさい。気づかなかったわたしが悪いわ」

「は!?」

パメラは素《す》っ頓狂《とんきょう》な声を出し、わずかに身を乗り出した。

「何をおっしゃっているんですか?」

「その……帝国に、どなたか心を寄せる殿方がいたのでしょう?」

「何を突然……」

パメラは扇を閉じて、それで顎《あご》を支える。

「だって、憂鬱《ゆううつ》そうだし……」

「それで、突拍子もない発言を?　いませんよ、そんな男」

「そうなの?」

「そうです。どうぞご安心を」

パメラは右手に持っていた扇を左掌に打ちつけた。

「あたしは理想が高いんです。帝国の怠惰《たいだ》な男たちになど、ちっとも興味を惹かれませんよ」

「そうなの？」

「帝国の男なんて、中身がないのに外見を飾ろうとする奴らばかり。気概のない、つまらない男たちばかりです」

「そう？」

「たとえば、シュベリーン伯爵なんか典型的じゃありませんか」

パメラが言い放った直後、馬車の扉が叩かれた。

アリーセはどきりとして扉を見る。会話に夢中になっている間に馬車が停まっていた。扉が再度叩かれる。パメラが内鍵をはずすと、外から扉が開かれた。

「お疲れさまでございました。今日の宿に着きましたよ」

軽薄な口調で話しかけてくるのは、シュベリーン伯爵だ。

栗色の巻き毛が秀でた額を隠し、空色の右目にはモノクルが嵌められている。細身にまとっているのは白いシャツ、銀のボタンが輝く青みがかった上着とウエストコートに清潔感のある白いトラウザーズだ。ネッククロスはきちんと折り目をつけて結ばれている。どこからどう見ても洒落《しゃれ》男の伯爵は、帝国の外交官である以上に夜会の主役として有名だった。

「宿という言い方はどうかと思いますけれど」

パメラがそっけなくあしらう。

ふたりはどうもしっくりこないのか、旅の間、冷ややかな関係を保っていた。

「宿で十分ですよ、パメラ殿。こんな田舎の領主には、それくらいの役目しか果たせないでしょう？」

「失礼な言い方はやめてください、シュベリーン伯爵」

アリーセは眉を寄せて非難した。

「冗談ですよ、アリーセ様」

「冗談にしても、毒が強すぎるのですわ、伯爵」

パメラは扇の先を顎に当て、冷たい視線でシュベリーン伯爵を射貫いた。

「本当のことなのですがね」

「まあ……本当のことだからといって、なんでも口に出すなんて、伯爵は下品でいらっしゃいますこと」

シュベリーン伯爵は空色の右目を満足そうに細めた。その瞳には、つららのような冷たさ、鋭さが宿っている。

「お美しいパメラ殿から睨《にら》みつけられるとは、光栄ですな」

「光栄というその言葉……本当に浮ついていらっしゃいますわね」

パメラはいらいらしたようにシュベリーン伯爵を睨みつける。

「別に浮ついてなど……。パメラ殿が今夜我がベッドに忍び込んでくださるなら、それは浮つきますがね」

「忍び込みませんから、どうぞご安心くださいませ」

ふたりが視線の火花をバチバチと散らしていると、シュベリーン伯爵の背後に両手を揉《も》み合わせる男が立った。おそらく領主の家令だろう。

「伯爵。お迎えがいらっしゃいましたよ」

パメラが冷たく言い放つと、伯爵は振り返って肩をすくめた。

「ああ、お待たせいたしました」

「お疲れでしょうから、どうぞ中へ」

家令は精一杯の愛想笑いを浮かべている。

アリーセは何度も旅の間に見た光景に、内心で苦い思いを嚙みしめていた。

(こんなの、地方に負担をかけているだけじゃないの)

皇室の威光を帝国のあまねく土地に届かせるため――アリーセが輿入れの際に地方の領主に接待されるのは、そういう意味があるらしい。

(誇らしいどころか申し訳ないわ)

そんな苦々しい思いを胸の奥に押し込めて、シュベリーン伯爵の手を借りると、できるだけ優雅に下車する。

アリーセを出迎えたのは、宮殿というよりは邸宅と評していいほどの大きさの建物だ。色鮮やかな石で幾何学模様が描かれた車寄せから眺める庭には、こぢんまりとした噴水があり、庭の端をレンギョウの花が彩る。

エレンブルン宮殿がある王都よりもさらに北にあるせいか、王都ではとっくに咲き終わったレンギョウの黄色い花が夕陽を受けて艶やかだ。

「アリーセ様、コルドベルク子爵です」

耳元でパメラにささやかれ、アリーセは迎えに出たコルドベルク子爵と向き合った。

子爵は、はちきれそうな身体を無理やりにウエストコートと上着の内側に収めている。上着のボタンが弾け飛びそうで、アリーセは心配になった。

「アリーセ様、よくぞお越しくださいました！」

コルドベルク子爵は、丸々とした顔に喜色を浮かべている。

アリーセは広げた扇の陰で微笑んだ。

「こちらこそ、ありがとうございます」

「アリーセ様の花の顔《かんばせ》を拝見し、心からの喜びを感じております。こんなに美しいお方でしたら、オストフェンの国王も易々と籠絡《ろうらく》できるでしょう」

「それはどうだか……」

アリーセは苦笑いを浮かべるしかなかった。

身分のせいで浴びせられる世辞を本気にするほど、アリーセは無邪気ではない。

「オストフェンとの友好は切に願いたいところなのです。なんせ我が領地は、先の戦でオストフェン進攻の際の通り道になりましたから」

「あのときは、本当に迷惑をかけました」

アリーセは心からの同情を込めて詫びた。

コルドベルク子爵の領地だけではないが、帝国とオストフェンとの戦の最中に、各地で略奪が起きたと聞いている。オストフェンの軍紀は厳しいと聞くが、だからといって、まったく狼藉が起きないわけではないのだろう。

「どちらかといえば、帝国のほうが迷惑をかけたのではありませんかね、子爵」

シュベリーン伯爵がモノクルの奥の瞳を光らせる。

「いえ、その、まあ……」

「残念ながら、我が国の軍兵はオストフェンと比して質がよろしくありませんからね。何度も報告を受けましたよ、通りすがりの村で食料を略奪したとか、町に入り込んで商店を襲ったとか」

伯爵は肩をすくめる。

「ええまあ、それは……」

気まずげに応じるコルドベルク子爵は、上目遣いでアリーセと伯爵を見比べて、口元に愛想笑いを浮かべた。

「……戦争が起こると、我々下々の者は何かと困りますから」

「……模範的なお答えですね。まあ、そういうことにしておきましょう」

シュベリーン伯爵がうっすらと冷笑したままでアリーセに顔を向けた。

呆然としていたアリーセは、彼の冷淡な表情に心臓をすくませる。

「アリーセ様が輿入れなされば、オストフェンは我らに服したも同然です」

シュベリーン伯爵の発言に、アリーセは息を呑みくだす。

(服したのは帝国ではないの？)

アリーセはある意味で人質なのだ。もとより、宮中で存在感の薄い母から生まれた自分など、大した値打ちはない。それでも、帝国が友誼《ゆうぎ》を交わすために送る存在であるのに変わりはない。

アリーセは自分が何を言うべきか懸命に頭を廻《めぐ》らした。

「……コルドベルク子爵たちには本当に迷惑をかけたわ。でも、わたしが嫁ぐからには、そんなことはなくなります」

一気に言うと、伯爵はモノクルの奥の目を細めた。アリーセはそれを視界の端にとらえながらも、言葉を紡ぐ。

「オストフェンとの友情に嘘はなくなるはず。わたしが帝国とオストフェンを繋ぐ架け橋になるのだから」

一瞬静まり返ったあと、伯爵が手を叩きだした。

「さすがはアリーセ様。ご立派なお覚悟です」

「伯爵」

冷やかしに似た口調に、アリーセは当惑する。

「そのお覚悟を聞いて安心しました。そうでしょう、子爵」

シュベリーン伯爵に顔を向けられて、子爵はあわててうなずいた。

「まったくです。アリーセ様のおかげで、両国の平和は確実になりましたな」

「アリーセ様のお覚悟はまさに帝国の娘にふさわしいもの。オストフェンの国王もきっとお喜びになるはず」

「そうに違いありません。国王が代わったばかりのオストフェンは不確定要素が多すぎます。帝国の皇女が嫁げば、かの国は安定するでしょう」

心から安堵したのか、コルドベルク子爵が首を何度も縦に振る。

「さて、立ち話はなんですから、どうぞ中に」

アリーセは、内心の戸惑いを隠す微笑みを浮かべたまま邸宅に足を踏み入れた。


翌日、コルドベルク子爵の邸宅を出発してからの旅は順調だった。

オストフェンまでの道のりは街道を行くのだが、両側に広がる景色は森から畑、また森へと変わっていく。

いよいよオストフェンに入国すると、針葉樹の森へと入った。森を過ぎれば、また畑だ。

オストフェンは寒冷地ゆえに小麦ではなくライ麦の生産が盛んだ。畑を耕してライ麦を植える準備を進める農夫たちを馬車の窓から眺めながら、アリーセの脳裏に時折甦《よみがえ》るのは、子爵宅でのできごとだった。

（あのとき、子爵夫人は何を言いかけたのかしら……）

子爵邸での晩餐《ばんさん》のあと。

子爵夫人に話があると言われ、別室に連れ込まれてふたりきりになったときだ。

『アリーセ様にどうしてもお話ししたいことがございますの』

子爵夫人の唇は真っ赤だった。

アリーセはその唇の赤さに目が離せなくなった。

『こんなことを申し上げるのは、ご無礼かと思うのですけれど、お輿入れのことですわ』

夫人は唇を舌でひと舐《な》めする。

『なんと申しますか……。同じ女として、どうしてもお伝えしなければならないことがございまして』

『なんでしょう？』

『オストフェンの国王のことですわ。その……これはお知らせすることをためらう情報なのですけれど……』

夫人が鼻の穴をふくらませたあと、扉を叩く音がした。

『アリーセ様、どちらです？』

パメラの声だった。

子爵夫人はあからさまに失望した表情になった。

『あの、どういうお話なのです？』

アリーセの質問に、子爵夫人は愛想笑いで答えた。

『大したことではございませんの、ええ。ですから、どうぞお気になさらず』

それから、子爵夫人はそそくさとパメラを迎え入れ、三人での会話は最近の宮廷で流行しているファッションについてになったのだが――。

(子爵夫人は、何か重要なことをわたしに伝えたかったのではないかしら)

滞在したのは一泊だけで、翌朝、早々に出立してしまったから、ふたりだけの時間は取れずじまいだった。だから、子爵夫人が何を伝えたかったのか、わからない。

わからないからこそ、どうしても気になってしまう。

「アリーセ様、どうなさったんですか？」

対面に座るパメラに声をかけられて、アリーセは意識を現実に戻した。

「いいえ、何もないわ」

「本当ですか？」

心配そうな顔をされ、アリーセは意識して表情をくつろげる。

「本当に何もないの。ただ、コルドベルク子爵夫人が気になって」

「子爵夫人が？」

「ええ、輿入れについて、話したいことがあるって言っていたものだから」

「まあ、そんなことを……」

パメラは眉を寄せて不快そうな顔をした。

「パメラ?」

「コルドベルク子爵夫人に何を言われたんですか?」

不機嫌そうに問われて、アリーセはためらいながら答える。

「特に何も……。話があると言われたけれど、詳しい内容は聞かなかったから」

アリーセの答えに満足できなかったのか、パメラの追及は続く。

「本当ですか?」

「本当よ」

「ならば、よろしいのですが……」

パメラは憂い顔をして頬に手を当てた。

「アリーセ様の輿入れを、みな心配しているのですわ」

「そうなの?」

「そうです。両国を繋ぐ大切なお輿入れですから」

「理解しているわよ、わたしは」

アリーセは今さらながらのパメラの発言に、少なからず衝撃を受けた。それほどまでに頼りないのかと自分に失望を覚えたのだ。

「もちろん、賢いアリーセ様が理解されているのは、承知の上です。でも、色々とありまして――」

「色々とってなんなの?」

アリーセの質問にパメラは押し黙る。

「パメラ？」

「それは到着してから、お話しします」

パメラの返事に、アリーセの疑念がふくらむ。

「気になるわ」

アリーセは身を乗り出す。

（もしかして、ヨーゼフ様の愛人のイリスについてかしら）

それならば、みなが口を鎖《とざ》す理由がわかる。

イリスはヨーゼフの愛人として大切に隠されているのだという。もしかして、彼女がアリーセを煙たがっているのだろうか。

「もしかして、ヨーゼフ様の愛人についてなの？」

アリーセが質問すると、パメラは目をぱちくりさせたあと、咳払いした。

「ええ、まあ……」

アリーセがさらに答えを求めるまなざしで見つめると、パメラはふうと息をついた。

「本当に、今回のお輿入れには、あたしも言いたいことが――」

そのときだ。馬車が激しく揺れた。

「な、何!?」

アリーセが窓の外を見ると、並走する馬が見えた。騎乗している人間は、帽子を目深にかぶり、口元に布を巻いている。

「野盗!?」

「まさかっ」

パメラも外を覗き、眉を吊り上げる。

「この馬車には帝国の国章が入っているのに、それを知っての無礼なの!?」

確かに馬車には帝国の国章――二つの頭を持つ大鷲が刻《こく》されているが、それがかえって標的にされたのではないか。

「アリーセ様、伏せてください」

「え、ええ」

己の膝に顔を伏せた。護衛の兵はいるはずだが、どうしたのだろうか。

「護衛は――」

「わかりません、とにかく伏せて――」

馬車はガタガタと激しく揺れ、車輪が地面を転がる音が雷鳴のように轟く。アリーセは恐怖のあまり、きつく目を閉じた。

(怖い……!)

輿入れが人生の試練になるだろうと想像していたのに、それよりも前に試練が訪れるとは。

「きゃあっ!」

馬車が大きくバウンドしたあと、着地する。車軸が壊れたのか、斜めになった車体が引きずられる。アリーセは座席に懸命にしがみついた。

「パメラ！」

「しっかり摑んでください！」

対面に座っていたパメラは、身を縮めて扉の取っ手にしがみついている。パメラ側の車輪が壊れたせいで、彼女のほうが不安定な姿勢をとっているのに、アリーセを気遣ってくれていた。

「アリーセ様、手を放しては駄目ですよ！」

「ええ……！」

だが、そんな必死の励まし合いを嘲笑うように馬車が再度宙に浮き、地面に叩きつけられた。

思わず手を放してしまったアリーセは、倒れた馬車の側面に身体を打ちつけ、痛みにうめく。

「う、うう……」

馬車は、ようやく止まってくれた。ふたりとも横倒しになった側面部分に倒れ込んでいる状態だ。身体を打ったせいで痛みがあり、すぐには身動きできない。

「アリーセ様、大丈夫ですか!?」

パメラの問いに、アリーセはゆっくり身を起こすと、身体のあちこちにそっと触れたり、関節を動かしたりしてみた。どうやら怪我はしていないようだ。

「パメラこそ大丈夫？」

「あたしは大丈夫です」

ふたりとも身体はどこも痛めていないようだ。僥倖《ぎょうこう》だと神と聖人に感謝した。

「聖オクタヴィアがお守りくださったのだわ」

「こんなときに、よく聖人の名を持ち出せますね」

十字を胸の前で切り、神に祈ったところで、物音に気づいた。馬車の外から、怒声と金属のこすれ合う音がする。

（何かしら……）

護衛と盗賊が戦っているのだろうか。だとしたら、とんでもなく危機的な状況に陥っていることになる。

（どうしたらいいの……）

ここでじっとしているのが正しい選択なのだろうか。

（でももしわたしが目的なら、ここにいるのはかえって危険だわ。誘拐でもされたら、どうするの？）

逃げるべきか、留まるべきか、判断に悩む。

（どうしよう、どうすれば）

必死に考えていたアリーセは、きゅっと唇を噛んだ。

（とにかく外の様子を確認しなければ、何も判断できないわ）

アリーセは決意を固めた。

「パメラ、外を確かめましょう」

「は、はい？」

彼女が面食らった顔をする。

「何が起こっているか確かめないと」

絶句するパメラをよそに、アリーセは、空を向いている車体側の扉の取っ手に手を伸ばした。それを掴んだまま、座席の背もたれや窓枠に足をかけて、扉にできるだけ身体を寄せる。扉の内鍵をはずすと、そっと押した。おそるおそる顔を覗かせる。

（……なんてこと）

周囲を見渡して、喉を鳴らした。

馬車は街道に横倒しになっていた。馬車を引いていた馬も横倒しになっているが、足を折ったのか立てないでいる。周囲には男たちが倒れていた。

（……そんな）

思考が停止する。アリーセたちはまぎれもなく襲撃を受けていた。倒れているのは、顔見知りの護衛兵たちが多い。アリーセの見える範囲には、立っている者の姿はなかった。

（……やはり、ここにいてはいけない）

勇気を奮い、アリーセは下方にいるパメラに声をかける。

「パメラ、外に出ましょう」

開いた扉から半身を出すと、すぐさま車体にうつ伏せになる。腹ばいになって下半身を引き上げると車体上を匍匐《ほふく》の姿勢で移動し、足を地面に伸ばして降り立った。続けて、パメラも同様に馬車から出てきた。

「まったく、およそ貴婦人がすることではありませんよ」

パメラはドレスの裾を直しながら、不平を漏らしている。アリーセは上の空でうなずきながら周囲を見渡した。

（……これからどうすればいいの？）

輿入れの行列が襲われて、兵が倒された。ただ、周囲には襲ったはずの敵が見えない――と思ったときだった。

背後に気配を感じたと思った瞬間、こん棒のように太い腕がアリーセを拘束した。

「は、放して！」

「我々と来てもらいましょう、アリーセ姫！」

腕を胸に回されて束縛されただけでなく、肩を摑まれて強引に引きずられる。肩の骨が砕かれるのではないかと危ぶむほど力を込められて、痛みに声も出なくなった。

「アリーセ様！」

パメラが狼藉《ろうぜき》者の手を摑むが、すぐに振りほどかれる。

勢いあまって彼女は馬車に叩きつけられた。力なく崩れ落ちる姿を見て、アリーセは悲鳴をあげる。

「パメラ！」

怒りと恐怖が心の中で渦巻いた。

（なんてことを）

帝国の皇女に対する狼藉というよりも、か弱い女に対しての暴力に感情が昂ぶる。

「なんて卑劣なことを!?」

肩越しに振り仰いで睨むと、彼もまた同じく睨みつけてきた。

飾緒《しょくちょ》や肩章はないが、灰色の短い上着とトラウザーズの軍装姿の男は三十代くらいか。

若者のように血気盛んに叫んだ。

「これは我が国のためだ！」

「我が国のため？」

「オストフェンに秩序を取り戻すため。皇女殿下の身柄はお預かりしますぞ！」

慇懃《いんぎん》な言葉遣いに、アリーセは面食らった。

（この男はいったい何者なの？）

野盗の類とは違う、上質な雰囲気をまとった男とこの蛮行が繋がらない。

「こんなことをすれば、オストフェンはますます混乱するのではないの？」

アリーセは疑問をぶつける。皇女を襲って、オストフェンに秩序を取り戻すとはどういう意味なのか。

「オストフェンはすでに混乱の中にあるのですぞ！」

男はアリーセの肩を摑む手にさらに力を込めた。

身じろぎしたくらいでは振りほどけないほど、男の力は強い。痛みをこらえて、アリーセは問いかける。

「どういうことなの？」

「ご存じないのか？」

男は唇の端を引きつらせた。

「オストフェンは、今――」

そのとき、男の目が大きく開かれ、アリーセの肩から手が離された。それから、大きな音を立てて地面に倒れ伏す。

「ご無事ですか？」

静かな問いかけに、アリーセは呆然と振り返る。

倒れた男の背後に二十歳くらいの軍服姿の青年が立っていた。短く整えられた黄金の髪と切れ長の灰青色の目。頬から顎にかけての鋭いラインは、知性を感じさせる。細身の体《たい》軀《く》をフロックコートタイプの濃紺の上着に包んでいるが、金の飾緒や肩章が無骨な軍装に華やかさを加えていた。

（お会いしたことがある？）

初対面とは言い切れない何かを感じた。

「アリーセ様?」

「は、はい」

答えてから、眉を寄せた。なぜ自分がアリーセだとわかったのか、疑問を感じたのだ。

「あの……」

「申し訳ありません」

「え?」

「本来ならば事前に情報を摑み、このような蛮行を防がねばならなかったのですが」

青年は灰青色の瞳を曇らせた。感情を抑え込んでいるのか、頬がかすかに震えている。

(事前にわたしを襲う計画があったということ?)

それはつまり、自分とヨーゼフの結婚を邪魔する勢力があるということなのか。

「わたしの輿入れは反対されているのですか?」

アリーセの質問に、青年は目を見開いた。

「いいえ、そんなことはありません」

「でも、このような事態になったのは……」

「アリーセ様のせいではない。これはオストフェンの問題です」

青年のきっぱりとした物言いに、アリーセは胸を撫でおろしかけ——すぐに気持ちを引き締めた。

(安心している場合じゃないわ)

オストフェンの事情を知らなければならない。アリーセは王妃になるのだ。

「オストフェンで何が起こっているのですか？」

「それは王都についてからご説明します」

「でも……」

「王都へ到着し、アリーセ様に王妃になるとお約束いただいたあとで、ご説明いたします」

青年はそう言い切り、押し黙った。瞳に宿った力に意志の固さを感じて、アリーセはうなずいた。

「……わかりました」

彼の言うことにも一理ある。アリーセは帝国の女として警戒されているのだろう。結婚すれば王国に受け入れてもらえるのだろうが、嫁ぐ前では信頼のひとかけらもないに違いない。

「王都までは俺がお送りします」

「あなたが？」

申し出を聞いて、自分が心易く会話しすぎたと気づいた。彼が誰か知らないのに、信頼してよいものか。

「どうしましたか？」

「あなたを信用していいのか、悩んでおります」

素直に答えると、彼がくすくすと笑いだした。

「な、なんですか？」

「俺が送ったほうが安心ですよ」

気安い口調に、かえって警戒心が湧く。

「俺の名はクラウスです。ヨーゼフの弟です」

「えっ!?」

驚いたが、嫌みのないさっぱりとした笑顔は思わず見とれてしまうほど美しかった。

（確かにヨーゼフ様にはクラウスという名の弟君がいらっしゃるけれど……）

ヨーゼフとは狩りの日に会ったが、クラウスとは一度も会ったことがない。けれども、兄弟と言われれば、似ている気がする。

「あなたをお守りするのは、俺の大切な仕事です」

クラウスの穏やかな声音は、低く力に満ちている。自信に裏打ちされた人物なのだろうとすぐに推察できるほどだ。

「クラウス様、帝国の護衛兵の安否を確認いたしました。怪我をした者はおりますが、死亡者はおりません」

士官らしき若者が敬礼をして報告する。

「よし、よく守ってくれた」

クラウスのねぎらいに、若者が踵《きびす》を返して、オストフェンの兵たちのもとに走り去る。

若者と入れ替わりにやって来たのは、シュベリーン伯爵だった。首を振りながら近づいてきた。

「まったく、こんな目に遭うとは……」

「伯爵、すまなかった」

「オストフェンがこんな有り様では困りますよ」

クラウスは真顔になった直後にうっすらと笑みを浮かべた。

「今回は俺の落ち度だが、この問題は近いうちに解決する」

こんな状況下で浮かべている笑みは、自信というよりもクラウスの得体の知れなさを窺わせる。

不安を感じて、アリーセは自分を守るように胸に腕を回す。

シュベリーン伯爵はアリーセの違和感になど気づかないのか、はずしていたモノクルを右目に嵌めると、クラウスにうなずいた。

「頼みましたよ。ところで、パメラ殿は？」

「パメラは……」

アリーセがパメラに目を向ける。彼女は馬車に寄りかかり、座り込んでいた。力なくこめかみを押さえる姿に、クラウスに向かっていた意識がパメラに向く。

「パメラ！」

アリーセは彼女に駆け寄り、両膝をついた。

「パメラ、大丈夫？」

「……無事ですよ」

「でも、血が出ているじゃないの！」

アリーセはドレスのポケットからハンカチを取り出すと、こめかみを押さえたパメラの手をはずす。肌が裂けたのか、血が流れていた。

「ああ、パメラ……！」

あまりに痛々しくて、アリーセは泣きそうになりながらハンカチでそっと傷を押さえる。

「痛かったでしょう？」

「傷はひどいのですか？」

そばに来たクラウスが眉をひそめて訊く。アリーセがハンカチを少しずらすと、彼は傷を子細に観察した。

「それほどひどくはないかと思います。頭は軽傷でも血が出やすい場所ですから」

「そうなのですか？」

「ええ。ただ、頭を打ったとなると、経過観察が必要ですね。後遺症が出る場合もありますので」

「そんな……」

泣くまいと思っても、涙が瞳を覆う。重篤《じゅうとく》な怪我だったらどうしようと心配が募《つの》った。

「……アリーセ様は、やさしいお方ですね」

クラウスの視線を感じて顔を向けると、こんなときなのに彼は満足そうだった。

「お噂どおりだ。アリーセ様は慈悲深く、心根が清らかなお方だと聞いていましたが」

「……わたしは、そんな人間ではありません」

褒められて、照れるというよりはひどく戸惑った。

彼の言葉と表情が、予想どおりのできばえに満足する職人に似ていたからだ。現在の状況には似つかわしくない反応に思えてならない。

アリーセの内心を知らないクラウスは、上機嫌に話し続ける。

「謙遜《けんそん》は無用です。アリーセ様の心は水晶のように清らかだ」

アリーセは緊張を覚えながら、パメラの傷を再度ハンカチで覆った。

「そんなに褒めていただくほど特別なことはしていません。パメラは乳姉妹なのです。誰よりも大切な存在だから、とても心配なのです」

見てほしくないと思うのに、クラウスはアリーセを凝視する。視線の圧力が耐えがたく、アリーセはパメラに集中した。

「……アリーセ様、そちらの方は？」

パメラの問いかけの声は弱々しいが、状況を把握できていることにわずかながら安堵する。

「こちらはクラウス様。ヨーゼフ様の弟殿下よ」

「クラウス様……」

「パメラ嬢、傷はそれほど深くない。今はショックのため身体が動かないだろうが、しばらく休めば、もう少しは復調するだろう」

「クラウス様、ありがとうございます」

うなずくパメラに、アリーセはほっとする。傷は痛々しいが、適切な治療をし、休息をとることで、元気になるだろう。

「ひとまずはここを離れ、休める場所に移動しましょう。馬車が到着しますから」

彼の言うとおり、馬車が街道の先からやってきていた。

「ずいぶん手回しのよいことで」

シュベリーン伯爵の冷やかしに、クラウスは冷ややかに答える。

「街道の先にある町の馬車を借りた。乗り心地は帝国の馬車と比べてよくないだろうが、我慢をしていただかなくては」

この期に及んで軽口を叩くシュベリーン伯爵の無礼を謝罪する意味も込めて、アリーセはクラウスに微笑みかける。

「我慢だなんて、とんでもない。助けていただいて、本当に感謝しておりますわ、クラウス様」

「礼は無用です。とりあえず、皆様にはこの先の町で休んでいただきましょう。出発は明日の朝にしますから」

パメラを軽々と横抱きにするクラウスは、密かに怪しんだことが申し訳なくなるほど頼りがいのある雰囲気をかもし出していた。

襲撃された場所から王都までは、馬車で一昼夜かかる距離があるのだという。

夜、宿に泊まった以外は休むことなく馬車は走り続け、王都・ブラウフォンについたのは、翌日の夕刻だった。

（さすがに疲れたわ……）

馬車の中で背もたれにぐったりと寄りかかったアリーセは、安堵の息をついた。宿を出発してから、ろくに休息もとらなかったので、強い疲労感があった。

（とにかく無事についてよかった）

クラウスからは休息を入れることを提案されたが、アリーセが断った。一番休息が必要なパメラが早く王都につきたがったからだ。彼女は自分の怪我より、一行が無事に到着することが優先だと主張した。

「パメラ、具合はどう？」

「あたしは大丈夫ですから、ご心配なく」

対面で背もたれに寄りかかっていたパメラが、弱々しい微笑みを浮かべた。

「本当に大丈夫？　休みもろくにとらなかったから」

「仕方ありませんよ、とにかく安全にブラウフォンに到着することが先なんですから」

パメラの言うことももっともだった。次の襲撃の可能性がある以上、のんびりしていては、敵の——といっても、正体はわからないのだが——餌食になってしまう。

「……怪我をした護衛の方々はどうかしら」

　重傷者はいたものの、死者がいなかったのは幸いだった。動けない護衛兵は道中の町に残してきた。彼らは治療をしてもらう手はずになっている。

「クラウス様が手配をしたということでしたから、そこは信用してよいのでは」

「そうよね」

　アリーセは大きくうなずいた。きっと信じていいだろう。クラウスはヨーゼフの弟なのだ。

（おそらく、ヨーゼフ様がわたしを案じてクラウス様を派遣してくださったのだわ）

　ヨーゼフは現在二十一歳、クラウスは二十歳と、一歳違いの異母兄弟だ。ヨーゼフの母が産後すぐに亡くなったために、先代の王はクラウスの母と再婚した。そのため、ヨーゼフ、クラウス双方ともに王位継承権を持っている。

（おふたりは、幼いころはあまり仲がよろしくなかったと聞いたけれど……）

　そのため、クラウスは留学に出されていたのだという。帝国との戦争中、自主的に帰国したクラウスを先代の王は高く評価したが、クラウスは驕《おご》ることなくヨーゼフを献身的に支えているとも聞いていた。

「クラウス様、立派な方のようですね」

　パメラがぽつりとつぶやく。アリーセは深くうなずいて同意を示した。

「ヨーゼフ様の弟だもの。仲よくしたいと思ってるわ」

ドレスのポケットから手紙を出して、アリーセは目を通す。

（そういえば……）

ヨーゼフの手紙にクラウスについて書かれていたことは、これまで一度もなかった。アリーセが家族にまつわる息苦しさを率直に訴えていたのとは大違いだ。

「お手紙、また読んでらっしゃるんですか？」

パメラの質問に、アリーセは手紙に視線を走らせつつ頬を緩ませた。

「ええ、もうすぐ会えると思うと、うれしくて」

いつもならお小言が降ってくるはずなのに、パメラは沈黙している。気になって顔をあげると、パメラは唇を噛んでうつむいている。

「パメラ、どこか痛むの？」

「いいえ、別に……」

「でも、なんだか具合が悪そうよ？」

アリーセは心配になって問う。いつも快活なパメラが憂鬱そうにしている姿は、妙に気にかかる。

「そんなことはありませんよ」

「でも……」

身を乗り出しかけたところで、馬車が停まった。外から扉をノックされて、パメラが内鍵をはずす。扉を開けられたので、アリーセたちは馬車を降りた。

用意された足踏みを使い、外に出る。広大な河の向こう、西の地平に沈む太陽が見えた。

「すばらしいわ」

オストフェンの城は高台に位置している。眼下に広がる街に、明かりが少しずつ灯っていく様が美しい。

「ブラウフォンは大きな街ですね」

並んだクラウスが面映ゆそうにした。

「帝国に比べれば、まだまだです」

「そんなことはありませんわ。ブラウフォンは、とても美しい街です」

街の西側を洗う大河は、ブラウフォンを襲う異教徒を何度も食い止めた自然の防壁である。

東側には竜の背骨に似た山脈がうねっているが、これもまたブラウフォンを守る壁のひとつだ。交通の要衝で、さらには安全な地点にブラウフォンは築かれている。

アリーセは背中側を振り返った。

城は目に収めきれないほど巨大だ。異教徒の軍をすぐに見つけられるようにいくつもの塔を備えているが、城壁にはアカンサスの模様が彫られて、無骨な中にも美しさがある。

「お城もすばらしいです」

「ブラウフォンの街に宮殿もあるのですが、今日はこちらにお越しいただきました」

「皆様はふだんブラウフォンの宮殿にいらっしゃるのですか？」

日常生活は宮殿で行うことが多いはずだが、異教徒の襲撃が多かったオストフェンでは、この種の城が他国よりも活用されているのだと聞いたことがある。

「そうですね」

「では、ヨーゼフ様は今、どちらにいらっしゃるのですか？　こちらでしょうか、それとも宮殿に？」

アリーセの質問に、クラウスは表情も変えずに話をそらした。

「あなたをお連れしたいところがあります」

「わたしを？」

唐突な提案に面食らい、アリーセは首を傾げた。

「いったいどちらにでしょう」

「この城にある礼拝所です」

「まあ。でしたら、伺いたいですわ」

アリーセは即答した。長旅が無事に終わった感謝を神に祈りたい。

「では、行きましょう」

「あの、ところで、ヨーゼフ様はどちらに？」

きょろきょろするアリーセの手をきつく握ると、クラウスは足早に歩きだす。

「え、え、あの……」

あまりに突拍子もない行動を訝しむが、彼の歩幅について行くのが必死で、質問を投げかけることさえできない。

「あの、クラウス様……？」

クラウスは無言で、前だけを見ている。彼の横顔には有無を言わさぬ迫力が満ちている。

（怒っているのかしら？）

訳がわからぬ状態で、アリーセは彼に引きずられるまま歩いた。本当は足を止めてほしいのだが、彼の腕力が強すぎて、手を振りほどくことも足を止めることもできない。クラウスが手を放してくれたのは、礼拝所に入ってからだった。

（ここが王族の礼拝所……）

礼拝所は城の南端にあった。城と同じく灰色の石を組んだ礼拝所の内装は、王城に付属する教会とは思えぬほど質素だった。明かり取りの小窓があるだけでステンドグラスはなく、並べられたベンチにはクッションもない。

赤い絨毯が敷かれた身廊《しんろう》の先には祭壇があるが、小ぶりな救世主の像と聖画が数枚飾られているだけで、通常の教会にあるようなレリーフや装飾の類が一切なかった。

もっとも、アリーセは失望したわけではない。どちらかといえば、装飾過多になる傾向の強い帝国とオストフェンとの違いに興味を惹かれただけである。

「祈りに集中できるすてきな場所ですね」

アリーセが素直に感想をもらすと、クラウスが驚いた顔をした。

「貧相な場所ですよ」

「そんなことはありません。聖典の教えにもあるでしょう、救世主が贅沢を戒めた逸話が」

「奢侈《しゃし》の道を歩む者に天国の鍵を手に入れることはできない、という話ですね」

「ええ」

アリーセは胸の前で十字を切ると、手を組み合わせ、目を閉じて祈った。

(危険な目に遭っても、命まで失わずに済んだのは、神のご加護のおかげです)

心からの感謝を込めて神に祈る。

(兵たちの怪我が一刻も早く治るようお助けください)

帝国で帰りを待つ家族はどれほど心配しているだろうか。アリーセは心を込めて祈り続ける。

ふと肩を揺らされた気がして瞼を開くと、クラウスがアリーセを凝視していた。青みを増した灰青色の瞳が爛々《らんらん》と輝いている。アリーセは猛禽《もうきん》に狙われた小鳥の気持ちを味わう羽目になった。

「な、なんでしょう」

「アリーセ様は本当に清らかなお方だ。聖オクタヴィアもあなたにはかなわないでしょう」

「とんでもないことをおっしゃらないでください」

アリーセは首を左右に振った。

「聖オクタヴィアのほうがはるかに優れていますわ」

「そうですか？」

「そうです！」

きっぱりと言い切ってから、アリーセはあわてて胸の前で十字を切った。傲慢《ごうまん》はもっとも憎悪すべき罪のひとつだ。

「お怒りにならないでください。あなたの美しさ、清らかなお姿に、圧倒されてしまったのです」

「わ、わたしは、さして美しくも清らかでもありませんわ。からかうのはやめてください」

アリーセは、十字を何度も切った。クラウスの一言一言が欺瞞《ぎまん》の罪を犯しているように聞こえる。

クラウスが注意を引くためか、アリーセの肩にそっと手を置いた。

「……アリーセ様、今、ここで誓うことができますか？」

「何をです？」

「オストフェンの国王の妻になることをですよ」

アリーセは目を丸くした。

「今、ここでですか？」

「ええ、神の前で」

　クラウスは救世主の像に手を向ける。アリーセはいったんクラウスを見上げてから、救世主の像に視線を投じた。人々の罪を背負い星十字にかけられた崇高な姿は、聖なる誓いを捧げるのにふさわしい威厳がある。

（試されているのかしら……）

　真心をオストフェンに捧げられるかどうかを。オストフェンの王妃として、生きていけるかどうかを。ならば、それは証明しなければならない。アリーセは誓いの覚悟を決めた。

「わかりました」

　両膝をつくと、手を握り合わせる。

「わたくし、ローザリア帝国の娘にして神の忠実な僕《しもべ》、アリーセ・フォン・ローザリアはオストフェン国王の妻として、夫を助け、民をいたわり、神に尽くすことを生涯にわたってお誓いいたします」

　本来ならば結婚のときに口にする文言であるし、ここには婚礼を主宰する司祭もいない。けれども、神への誓いは誠心のあらわれ、本物だ。

「アリーセ様、よくぞ言ってくれました」

　クラウスは片膝をついてアリーセの手を包み込む。アリーセの手をすっぽりとくるむ手は、指から爪までのしなやかなラインが美しく、なぜか心臓が跳ねてしまう。

「こ、こんな誓いは当たり前のことですわ」

「いいえ、あなたの誓いは尊いもの。俺にとっては、黄金や宝玉よりも価値がある」

熱のこもった視線に、アリーセの当惑は深まった。

「ク、クラウス様？」

「……あなたにお伝えしなければならないことがあります」

彼は義理の姉に向けるにしては無遠慮なほど熱い視線をアリーセに浴びせた。

「オストフェンの国王はヨーゼフではありません。ヨーゼフは、もはや王の地位を失いました」

「え？」

アリーセの戸惑いをよそに、クラウスは誇らしげに宣言する。

「オストフェンの国王は、俺です」

アリーセは目をぱちくりさせた。冗談にしてはひどすぎる。

「……クラウス様、からかうのはおやめください」

「本当です。俺がオストフェンの王になったのですよ」

アリーセは彼をまじまじと見つめた。

「……嘘でしょう？」

「本当です。証拠が必要ですか？」

「もちろんですわ、何か証拠を……」

「でしたら、お見せしましょう」

彼はそう言うと立ち上がり、内陣へと向かった。アリーセも彼の行動を観察するためにそろそろと立つ。

クラウスが祭壇で手にしたのは、四囲が黄金で塗られた鉄の板だ。

(宣誓板だわ……)

王族信徒が教会に納める宣誓板は、神と教会への誓いが書かれてある。そこには通例、星十字教を信仰するという信仰告白と、神への服従、教会と聖職者への忠誠が刻まれている。

クラウスは板を手にしてアリーセのもとにやって来ると、それを示した。

「これをご覧ください」

宣誓板には、クラウスの名が刻まれているが、彼の身分を記した箇所にアリーセは何度も目を走らせる結果となった。

(オストフェンを支配する王、民と国への忠節を忘れぬ者、クラウス・フェルディナンド・フォン・オストフェン)

宣誓板は、神への誓いを刻んだものだ。そこに嘘を書くなど考えられぬことである。

「そんな……」

「ヨーゼフはもはや王ではありません。オストフェンの国王は俺です」

「でも、わたしは……わたしはヨーゼフ様に嫁ぐためにこの国に……」

「アリーセ様の夫には、俺がなります」

さらりと答えられ、アリーセは大きく目を開いた。

「クラウス様がわたしの夫に？」

「あなたが嫁ぐのは、オストフェンの国王。すなわち俺があなたの伴侶になるということです」

アリーセは大きく喉を鳴らして彼を凝視する。

「まさか、そんな……」

「これは帝国も了承済みの話です」

アリーセは、またもや喉を鳴らした。

「で、でも、わたしはその話を聞いておりません」

クラウスが痛ましげに目を細めた。

「それは、あなたが兄上との結婚を待ちわびておられるのを知っていたから、相手が変更されたことを誰も言い出せなかったのでしょう」

クラウスの一言は、アリーセの心臓に杭を打ち込むような効果があった。

（そんな）

誰もアリーセに真実を教えてくれなかったなんてひどすぎる。アリーセの人生にとって、もっとも重要な婚姻に関わることなのに。

（……どうして）

ヨーゼフに嫁ぐことを心待ちにしていたアリーセがクラウスとの結婚を承諾するはずが

ない——そう考えられたからなのか。

（ヨーゼフ様はどう考えていらっしゃるの？）

アリーセがクラウスに嫁ぐことをどう考えているのだろうか。

「……ヨーゼフ様と会わせてください」

アリーセはクラウスを見つめて訴える。

「ヨーゼフ様から直接お話を聞きたいのです。どういうご事情なのか、それを知りたいのです」

アリーセの訴えをクラウスは沈黙して聞いている。

「お願いです。せめて一度だけでもいいから。手紙のお礼もお伝えしなければ……」

そこまで言うと、クラウスは右眉を跳ね上げた。

「手紙の礼？」

「ヨーゼフ様は、わたしに手紙をくださって、何度も励ましてくれました。せめて、そのお礼だけでもお伝えしなくては——」

「手紙ごときで礼を言う必要などないでしょう」

クラウスが苛立たしげに首を左右に振る。

「それに……あの手紙は俺が書いたものですよ」

思いも寄らぬ返答に、アリーセは唖然とした。

「そ、そんな……何をおっしゃっているんですか？　あれは……あれは、ヨーゼフ様からいただいた手紙です」

アリーセはクラウスを涙目で見つめた。アリーセを落ち着かせるためのごまかしの言葉ならば聞きたくなかった。

「まだ、わたしが幼いころ、ヨーゼフ様はわたしを助けてくださいました。それからずっと手紙のやりとりを重ねてきました。あの手紙は、ヨーゼフ様の真心です。それを、あなたが書いた、だなんて……」

瞳を覆う涙の膜があっさり破れてあふれだす。アリーセはあわてて手の甲で涙を拭った。皇女としてあるまじき行儀の悪さだが、そんなことよりも涙を止めたかった。

「……そんなにも、その手紙が大切ですか？」

「大切ですわ！　ヨーゼフ様の励ましのお言葉に、どれほど助けられたか……。あの手紙のおかげで、帝国での暮らしに耐えられたのです」

「帝国での暮らしは、おつらかったのですか？」

クラウスは宣誓板をベンチに置くと、涙を拭《ふ》いたアリーセの右手を両手で包んだ。大切なものだと言わんばかりの仕草に、アリーセはうろたえてしまう。

「べ、別につらくはありませんでしたわ、ただ……」

自分が悪いのだ。自信がなく、社交の場ではいつも縮こまっていた。

それが歴史と伝統のある帝国の皇女としてはふさわしくない態度と見なされたのだろう。

兄弟姉妹だけでなく、貴族の者たちがアリーセに向ける目も、冷ややかだった。

「わたしのありようが悪かったのです。帝国の皇女としては、ふさわしくない態度と振る舞いだと考えられたのですわ。仕方なかったと思います」

「仕方なくなどありませんよ。あなたは帝国皇女として模範となる方です、信仰心が篤く、行いは抑制されている……。まさに、皇女にふさわしい振る舞いだ」

「そんなことは……」

過分な褒め言葉に、アリーセは面食らう。今まで、帝国では否定的な応対をされていたから驚きだ。

「あなたこそオストフェンの王妃にふさわしい」

クラウスが熱を込めて言いながら、アリーセの手を己の口元に寄せようとする。だが、理性が働き、アリーセは彼の手を振り払った。

「やめてください！」

それから、彼を睨みつける。

「わたしは、ヨーゼフ様の妻になるために参りました」

たとえ彼がオストフェンの王だとしても、いきなり花嫁になれと命じられて、すぐには受け入れられない。

「ヨーゼフはここにはおりませんよ」

「では、どこに行けば、お会いできますか？」

アリーセは神に祈るときと同じくらいに真剣に頼み込んだ。

ヨーゼフがどこにいるのか知りたい。せめて一言でも話をしなければ、今後、自分がするべき決断さえできない。

「兄上は一か月前に逃亡しました」

「……逃亡、ですか？」

「ええ、逃亡です。ここにいては、民に襲われるとでも思ったのでしょう」

「民に襲われるって……」

「圧政を敷いた兄上は、激しく憎まれておりました。逃亡するのも当然でしょう。兄上は自分の命を惜しんだのです」

クラウスの冷たい断罪に、アリーセは目を見張る。

(噂は本当だったの？)

慈悲を知らぬ王というのが、噂に聞くヨーゼフのあだ名だった。それは真実だったというのだろうか。

クラウスはアリーセの手を再度口元に近づけると、指先にくちづけた。儀礼的な手の甲へのくちづけとは異なり、時間をかけられたそれに、思いもかけず鼓動が鳴る。

唇を離すと、彼はその手を大切そうに己の手の間に挟んだ。

「心やさしきアリーセ様には、すべてが信じられないでしょう」

諭すように言われて、アリーセは小さく顎を引いた。

「しかし、事実です。ヨーゼフは、民によって王の座を追われたのです」

「そんな……」

嘆きが口をついて出る。婚約が決まってから、ヨーゼフの花嫁になるのだと一途に信じてきた。それなのに、突然覆された挙句に他の男と結婚しろと命じられたのだ。どうしていいのかわからなくなるのは当然だろう。

呆然とするアリーセをクラウスは前ぶれなく抱きしめた。頬が胸に押しつけられて、ぎょっとする。軍服越しにも、彼のたくましい胸板とその奥で脈打つ鼓動が感じられた。

(な、なんてこと)

背に回された腕も鋼のようにがっしりとしていて、アリーセの動揺を誘う。男性とこんなにも密着したのは初めてだ。ダンスのときは、これほど接触を深めない。

「俺と結婚してください」

耳元を低い声がくすぐる。心臓の動きがとたんに速くなる。怒りと緊張と恥じらいが頭の中でごちゃまぜになっている。

「そして、ヨーゼフを忘れてください」

「忘れるなんて、できません……!」

「あなたの父である皇帝も、このことは了承済みです」

「お父様が？」

「アリーセ様が出発してまもなくのころでしょうか。帝国皇帝に連絡をしました。ヨーゼフの退位と俺の即位をです。その際に許可もいただきました。アリーセ様が嫁ぐのは、オストフェンの国王。国王であれば、相手が誰であるかは問わないと」

アリーセは束の間呆然としたが、湧きあがる困惑が口をついて出た。

「……わたしの夫は誰でもいいということですか？」

「アリーセ様が嫁ぐ相手は、オストフェンの国王です。国王であるならば、俺でもいいということです」

「そんな……わたしは、これまでずっと、ヨーゼフ様が人生の伴侶だと信じてきたのです。それなのに、突然あなたに嫁げと言われても……！」

「アリーセ様、落ち着いてください。みな、心配していたのです。兄上を慕うあまり、あなたが俺との結婚を忌避するのではないかと……」

「わたし、そんなにもわからずやだと思われていたのですか……」

アリーセは下を向いた。涙があふれて、ぽたぽたと石の廊下に染みをつくる。

（なんてこと……）

ほんの少し前までヨーゼフの妻になるのだと信じていた。他の男に嫁ぐことなど考えられないほど、ヨーゼフが心の中心にいた。

（一言くらい教えてくれてもよかったのに……）

騙し討ちのような仕打ちに、アリーセの胸は痛んだ。

「アリーセ様」

「……わたし、あなたの妻にはなれません……」

アリーセは力なくつぶやく。

「あなたと俺との結婚は、国と国との約束ですよ」

「わかっています。それでも……」

アリーセはいったん瞼を閉じると、そっと開いて彼を見上げた。

クラウスの鋼の腕はあまりに強固でとても逃げ切れる気がしない。それでも、たとえささやかでも、抵抗したかった。

「まだ、あなたの妻にはなれません」

「……どうすれば俺を受け入れていただけますか？」

クラウスがアリーセの顎をとらえて軽く持ち上げた。

アリーセはわななく唇を開いた。

「わたしの心にはまだヨーゼフ様がおられます。だから……」

答えた瞬間、アリーセの唇に彼の唇が押し当てられた。

「――っ！」

初めて唇を奪われる衝撃に、アリーセの足から力が抜ける。ふらりと倒れかかったアリーセをクラウスが抱きとめた。

「アリーセ様！」

彼の声は驚くほど大きく礼拝所に響いた。間髪を容れず、外から扉が開かれる。

「アリーセ様!?」

入って来たのは、パメラだった。

彼女はドレスを軽く持ち上げると、早足でアリーセたちに駆け寄ってくる。

「アリーセ様、どうなさったのですか？」

「くちづけをしたら、ふらつかれて……」

「アリーセ様はそのようなことには慣れていらっしゃらないのですよっ。箱入りの姫君なのですから、おやめください！」

「パメラ、助けて……」

クラウスの腕の中で、アリーセは涙声になった。クラウスとは距離を置きたかった。

「少しお休みしましょう」

パメラの提案にうなずく。

彼女はクラウスの腕からアリーセを奪い取った。

「さ、お部屋にまいりましょう」

アリーセは頑是《がんぜ》ない子どものようにうなずくと、彼女に支えられて礼拝所から退出する。

おぼつかない足取りで去る己の背に、クラウスの熱いまなざしが注がれていることなど、アリーセは気づきもしなかった。


その夜、アリーセはあてがわれた部屋にいた。食欲は湧かなかったが無理をして夕食をとり、沐浴《もくよく》をしてから身支度を整える。

「ありがとう、もういいわ」

シュミーズの上にネグリジェを着てガウンに袖を通した姿で、アリーセは女官たちを見渡した。

「ですが……」

「今日は少し疲れたから、休ませてほしいの」

アリーセが説明すると、彼女たちは顔を見合わせてから膝を軽く曲げる礼をして、去って行く。さざ波のような衣擦れの音が扉の向こうに消えた。耳を澄ませると、外から施錠をする音がする。アリーセはやはりという思いで眉をひそめた。

(逃げられないようにされている……)

アリーセはベッドに腰かけた。

天蓋《てんがい》つきのベッドから垂れた繊細なレースと豪奢な緞子《どんす》の垂れ布は柱にくくられ、その天井部分には、多産を意味するざくろが鮮やかな色で描かれている。シーツは清潔感がある純白だ。

ベッドだけでなく、部屋の調度も行き届いていた。毛足の長い絨毯に大理石製の暖炉、木目の美しいテーブルや椅子。どれもこれもすばらしい。

(ここは、きっと王妃の部屋だわ)

オストフェンの王妃が与えられるにふさわしい部屋だ。けれども、アリーセの失望は癒えるどころか強まっていた。

（本来ならば、ヨーゼフ様と一緒に過ごす部屋だったのに）

まさか、ヨーゼフが退位させられているとは想像していなかった。

あのあと、アリーセはパメラとシュベリーン伯爵から説明を受けた。

ヨーゼフはアリーセが出立してすぐに退位させられたという。もっとも、それ以前から
ヨーゼフが民の支持を失いつつあるという噂は、彼らの耳に届いていたらしい。

『クラウス様のほうが王にふさわしい。そのような声はずいぶん前から出ていたのですよ』

というのが、シュベリーン伯爵の説明だ。ヨーゼフの退位とクラウスの即位は迅速で、政変劇というような泥沼もなく終わった。それこそ、ヨーゼフは望まれた王ではなかったのだと証明するように。

（そして、帝国もすべてを承認したのだわ）

ヨーゼフはアリーセを妻にするという申し出はしたものの、帝国を敵視する政策を採っていた。

国境付近の資源は両国が管理するという協定を結んでいたのに帝国側の人間を追い出した。他にも、共同で使用するという約束を結んでいた共同池の帝国側の水路をつぶした、など様々な形で帝国の邪魔をしたのだ。

クラウスはその点、穏健派だと考えられているらしい。彼は兄の挑発を謝罪し、代替案を出し、帝国と王国の双方が立ちゆくように計らってきた。帝国にしてみれば、クラウス

は御しやすい相手に見えているらしい。

『クラウス様のほうが夫にするにはよいと思いますけれどねぇ。そもそも、もはやヨーゼフ様は国王ではありません。アリーセ様は嫁ぐことなどできませんよ』

シュベリーン伯爵が冷たく言い放ち、パメラはアリーセの機嫌をとってくる。

『アリーセ様。黙っていたのは悪うございましたけれど、これは皇帝のご下命でもあったのです。アリーセ様がヨーゼフ様をお慕いしていたのは、周知の事実。それなのに、夫が突然代わるなんて、とても受け入れられないだろうと』

『まあ、仕方ありませんね。頭の中でこしらえた理想のヨーゼフ様にかなう者はいませんからね』

シュベリーン伯爵の冷やかしに、パメラが刺々しく反応した。

『伯爵はしばらく黙っていてください。アリーセ様のお気持ちがわからないんですか？』

『そう言うパメラ殿も、アリーセ様を騙して王国に連れて来たという意味では同罪でしょう。パメラ殿も考えておられたのでしょう。アリーセ様に真実を告げたら、オストフェンへの嫁入りを渋ると』

パメラがうっと息を呑んで黙った。アリーセはもはやふたりのやりとりを聞いていられなくなった。

『出て行って』

パメラがアリーセの顔色を窺ってくる。

『アリーセ様、どうかお許しください。ですが、アリーセ様にとっても、クラウス様との結婚のほうがいいと思ったのです。帝国との和平を考えるクラウス様のほうがアリーセ様のお相手にふさわしい――』

『いいから、ふたりとも出て行って。世話は王国の者にしてもらいます』

皇女の威厳をにじませた宣告に、ふたりは押し黙った。部屋を出て行ったふたりの代わりにやって来たのが、あの女官たちである。帝国皇女を初めて迎えた彼女たちは、腫れ物にさわるようにアリーセを扱った。アリーセの望みどおりの振る舞いだった。

(選ぶ道はひとつしかない。それくらい、わかっている)

アリーセは帝国の皇女だ。皇女として生まれたからには、帝国の役に立たなければならない。神は恵まれた生まれと引き替えに、果たすべき役目を与える。星十字教の教義だ。

(だけど、このままでは……)

アリーセは両手で顔を覆った。

このままでは、心から納得して結婚できない。義務を果たさなければならないという理性と、ヨーゼフに会いたいという感情がずっとせめぎ合っているのだ。

(ヨーゼフ様はどこにおられるのかしら)

彼の居場所を探したい。そして、なんとか一言でも感謝を告げたい。手紙でずっと支えてくれていた礼を言いたい。そうでもしないと、踏ん切りなどつけられそうになかった。

(……行動するしかない)

アリーセは自分の手から顔をあげ、決然として宙を見た。

(聖オクタヴィア様、力を貸してください)

アリーセは立ち上がり、窓辺に近寄った。

腰までの高さの出窓から眺める外は、篝火《かがりび》がちらほらと燃えている他は、夜の闇に包まれていた。

(ここは三階みたいね)

なんとかして降りられないかと考える。

すぐ下に二階のベランダがあった。まずはそこに降りなければ。

アリーセはシーツをはぎとると、細く丸めて紐状《ひもじょう》にした。少し考えてから、天蓋のレースの垂れ布を上部からはずす。それもまた細く丸めると、シーツと結び合わせた。

(長さは足りるかしら……)

天蓋の柱にシーツの端を結びつけ、床を引きずる。窓から垂らしてみると、なんとかベランダに降りられそうな長さになった。

(これでいいわ)

やってみるしかない。

(ヨーゼフ様を捜さなければ)

アリーセは窓を大きく開き、窓際に上った。

風がひゅるひゅると音を立てて吹いてくる。頬に風が当たって冷たい。

「行こう」

もはやどうとでもなれ、という気持ちで即席のロープを頼りに壁のくぼみにつま先を伸ばす。室内履きのためにすべりやすく、やはり怖い。

(こうやればいいのかしら)

アリーセは縄を握って足を壁に踏ん張らせつつ下を目指す。思い出すのは、聖オクタヴィアの逸話だ。

(聖オクタヴィアは自分を拒否した皇帝と会いたいと望み、幽閉された塔から逃げ出そうとした)

己の命乞いのためではなく、星十字教の信徒の弾圧をやめるよう頼むためだ。

(部屋にあるすべての布を結んで縄をこしらえ、窓から逃亡を図った。ところが、途中で縄が切れて聖オクタヴィアは落下してしまう)

しかし、彼女は大きく枝を広げる広葉樹の上に落ち、大怪我をせずに済んだ。それもまた星十字教の教えを世に伝えた救世主と神の慈悲の賜物《たまもの》である。

繰り返し読んだ聖典を思い起こしながら、とあるくぼみにつま先をかけたときだ。壁が崩れ、アリーセは振り子のように揺さぶられる羽目になった。

恐怖があまりに強くて深いと言葉も出ないのだと知る。腋《わき》に冷たい汗がにじむのを感じながら、アリーセはなすすべなくシーツにしがみつく。

「アリーセ様！」

上から伸びてきた手がアリーセの手首を掴んだ。

万力《まんりき》のような力は、恐ろしくもあり、ありがたくもある。

「……クラウス様」

「何をやってらっしゃるのですか！」

険しい顔つきに、アリーセは彼の目を直視できなかった。

「わたし……」

「帝国皇女ともあろうお方が、軽率なまねを」

叱責《しっせき》されて、アリーセは身が縮む思いがした。と同時に、モヤモヤとしてしまう。

（だって、まだ割り切ることなんてできない……）

帝国では、皇女らしくないと蔑《さげす》まれてきた。やっと自分の役割が果たせるとオストフェンに嫁げば、夫は勝手に変更されていた。

国と国との縁組なのだから、皇女として受け入れるのは義務に違いない。けれども、やはり苦しいと感じてしまうのだ。

「引っ張りますよ」

クラウスはアリーセの両手首を掴むと、力ずくで引きずりあげる。大人ひとりを楽々と引きずる彼の力に驚嘆した。

すっかり引きずりあげられて部屋に戻されると、アリーセは床に座り込んだ。クラウスは腕を組んでアリーセを見下ろす。

「何をなさっておいでですか」

呆れ果てたと言わんばかりに大きなため息をこぼされて、アリーセは彼を見上げた。

「……ヨーゼフ様に会わせてください」

「まだそれをおっしゃる」

クラウスは渋い葡萄《ぶどう》を口に入れたような表情をした。

「言います。会わせてもらえないのですから」

「ヨーゼフは逃げました。ここにはおりません。どんなに待っても、待ち望んでも戻っては来ないでしょう」

アリーセは顔色を変えて立ち上がった。

「もしかして、お亡くなりになられたのですか⁉」

アリーセは彼に一歩詰め寄ると、軍服を摑む。

「まさか……まさか、そんな最悪のことにはなっていませんよね」

「死んではいませんよ、おそらく」

不機嫌そうな口調に、アリーセは眉を寄せる。

「本当ですか？」

「本当です。知らせも入りませんしね」

ぶっきらぼうな返答を信じてよいものかどうか迷う。

（本当なのかしら……）

ヨーゼフは逃げたとクラウスは何度も言っている。つまり、ヨーゼフは危機を察知していち早く逃亡し、クラウスも行方は知らないということなのだろう。

(でも、調べているはずだわ)

どんな事情があれ、クラウスは王位を兄から奪ったのだ。ヨーゼフの居所がわからないままにしておくはずがない。場合によっては、周辺国にヨーゼフを利用されかねないからだ。正統な王はクラウスではなくヨーゼフだという声を完全に無視しきることはできないだろう。それを防ぐためには自分が先に見つけて、正式な退位宣言をさせるといった対応をとるはずだ。

アリーセは粘り強く質問する。

「ヨーゼフ様が今どちらあたりにいるのか、本当に足取りは摑めないのですか?」

「摑めませんね」

「ほんの少しもですか? まったく手がかりはないのですか?」

「……まったく、ヨーゼフ、ヨーゼフ……それしか口にされることはないのですか?」

クラウスは眉を寄せて不満げに見つめてくる。アリーセは思わず反論してしまった。

「ヨーゼフ様が心配なのは当たり前です。だって婚約者なのですから——」

真剣に言葉を紡ぐアリーセの背に両腕を回し、クラウスはアリーセを抱きしめた。彼の胸と腕の間にすっぽりと収まる形になって、アリーセは動揺する。

「な、何をなさるの……」

クラウスが身を屈めてアリーセの唇をふさぐ。唇を重ねる行為は、特別な関係の男女がすることだ。それこそ、ヨーゼフとならば胸がときめく行為なのだろうが――。

「う……うう……」

肉体の頑強さに反して、彼の唇はやわらかい。その唇が、逃げるアリーセの唇を追いかけてくる。顔を左右に振ったところで、彼の唇を振り切ることはできない。それどころか、彼は左腕でアリーセの背を支え、右手で顎をとらえて、強引に唇を重ねてくる。

「や……や……んん……」

必死に身体を揺するが逃れられず、ただひたすらに唇を捧げる羽目になる。

「ん……ん……んう……」

何度も角度を変え、獲物を追い求めるしつこさでくちづけは続いた。唇をふさぐだけでなく、ちゅうっと吸ってきたり、上唇を舐めてきたりする。息が苦しくなって、唇を開いたとたん、クラウスの舌が口内に忍び込んできた。肉厚で大きな舌がアリーセの舌をぬるりと舐める。得体の知れない痺《しび》れが足のつま先から下腹に走った。

（なに……）

舌を舐められるなんて、嫌悪すべき行為だ。けれども、何度も舌を舐められ、からめとられていると、甘ったるい刺激がなぜか下肢のつけねを刺激する。

「や……ん……やぁっ……」

クラウスの舌はアリーセの舌を揺さぶるだけでなく、頬の内側や上顎の裏を舐めてくる。

そんなところをくすぐられるのは初めてで、鼓動がどんどん加速していく。

「あ……はぁ……はぁ……あ……」

くちづけというものは、聖堂でされたように、唇を重ねるだけだと思っていた。こんなにも舌と舌が絡みあうものだとは知らなかった。だから、アリーセは懸命に胸で呼吸をし、彼の激しさに翻弄《ほんろう》されるばかりだ。

ちゅっちゅっと音を立てて唇を吸われ、舌が口内でうごめく。

そのうちに彼の右手がただならぬ動きをはじめた。顎を摑んでいた手が首を撫で、鎖骨を覆う肌をやんわりとこする。その手がネグリジェの上から乳房を摑んだから、アリーセはぎょっとした。

「ん、やめ、やめて……！」

力いっぱい顔を背けて、彼の唇から逃れた。涙のにじむ目でクラウスを睨む。

「何をなさるんですか!?」

「……今、ここで、あなたを妻にさせてください」

「え……」

意味がわからず眉をひそめてしまう。

「アリーセ様、俺は今からあなたを犯します。あなたに俺の子種をまきます」

真剣な顔をして卑猥《ひわい》な発言をされ、アリーセは動きを止める。

（なんてことを言うの……）

まともな神経があれば、絶対に口にできないことだろう。

「い、嫌です。わたしは……わたしは、ヨーゼフ様の……」

アリーセの肌に触れるとしたら、ヨーゼフしかいない。そう信じてきた。いや、信じるというよりも当たり前という認識だった。アリーセの夫になるのは、ヨーゼフだったのだ。それがクラウスに代わったとみなが言う。けれども、クラウスに代わったからといって、身体に触れることを簡単に許せるはずがない。

「まだヨーゼフの名を呼ぶのですか？」

クラウスはアリーセの言葉を冷たくはねのけると、その華奢《きゃしゃ》な身体をいきなり肩に抱え上げた。それから、有無を言わさぬ力でベッドへと運ぶと、アリーセを放り投げる。

背中に受けた衝撃のせいで、ろくに息ができなくなる。天蓋が目に入った次の瞬間には、クラウスがのしかかってきた。両方の耳の脇に両肘を置かれて、動けなくなってしまう。

「俺がオストフェンの王です。あなたは俺の妻になるんだ」

「だからといって、こんな……」

ネグリジェの前を留めていたリボンの結び目を解かれて、強引に胸元を押し開かれる。あらわになった胸に、彼の視線は釘づけになった。

「や、やめてっ」

「アリーセ様は乳房まで清らかなのですね。雪のように白い」

クラウスは胸を下から掴んで大きさと重量を確かめる仕草をする。

アリーセの乳房は熟した桃のようで、乳白色の肌には青い静脈が透けて見えた。

クラウスは両手でアリーセの乳房を摑んだ。

かさついた掌がアリーセの柔肌をこすり、やんわりと揉みしだく。

「いや、やめて！」

アリーセは懸命に叫んだ。こんなふうに彼に触れられたくない。神に結婚を誓っていないし、そもそも相手はクラウスであるべきではないのに。

「皇女として嫁いできたのに、拒絶されるのですか？」

冷たい言葉とは裏腹に、クラウスの手は熱かった。炉に炭を入れたように熱い手で揉まれて、アリーセの全身がわななく。

「やめて、お願いだから、やめて……」

「ヨーゼフは民を不幸にする王なのに、本気でそんな男の花嫁になりたいとおっしゃるのですか？」

冷酷な真実を告げる一言に、アリーセは唇を嚙んだ。

「そんな……そんなはずがありません……」

「他国にいたあなたに、何がわかると言うのです？」

クラウスが硬く尖《とが》った乳首をきゅっとつまむ。親指と人差し指でつままれて、アリーセは頬を上気させた。

「や、やめ……」

「ここは気持ちよくないですか？」

クラウスは両の乳首をきゅっきゅっと乳房からつまみだす。

真紅に染まった蕾《つぼみ》の先端を押し回され、くにくにとねじられ、乳暈《にゅううん》から引っぱられる。

さらには、乳房を根元から先端まで摑み出されると、下肢に稲妻のような快美な刺激が走った。

「あ、だめ……さわらないで……」

「無理ですね。俺はあなたを抱きたくてたまりません。下半身がさっきから熱く疼くんですよ」

「えっ」

胸を愛撫していた彼の手がアリーセの手を摑み、自らの股間に導く。かすかに触れた股間には何やら異様なふくらみがあった。

「な、なんですか、これ……」

奇妙なふくらみと熱さ、硬さが入りまじって、アリーセを混乱させる。なぜこんなことになっているのかわからない。

「アリーセ様を求めて、熱くたぎっているのです」

「わたしを求めてってって……」

信じがたい発言だ。アリーセを求める気持ちと、この状態を結びつけるなんて、汚らわしいとしか思えない。

「クラウス様のお身体の変化がわたしのせいだとおっしゃいますの？」

「そうですよ。だから、責任をとっていただきます」

抵抗のために身じろぎするアリーセの腿の上に彼は膝を置いた。それから、上体を倒してアリーセの右乳首を口内に含む。

「ひっ、やめっ……」

クラウスは口内でアリーセの右乳首をこねまわす。唇で乳暈からつまみ出したり、しごいたり、舌をからめたりする。

左の乳房も愛撫され、アリーセは他愛《たわい》なくあえいだ。

「あ……やめ……やめて……」

腰が頻繁に跳ねてしまう。舌がねっとりと絡みつくたびに、下腹がじんじんと熱くなる。

「いや、いやです……」

にじむ涙をこらえる。身体が淫らに変わっていく。クラウスの巧みな舌技が、今まで知らなかった変化をもたらす。

「左のほうも舌で可愛がりましょう。平等にしないとかわいそうですからね」

そんな戯言《ざれごと》をつぶやくと、クラウスは左の乳首を口内に含んだ。

「あ、あ……だめ……」

ぬるぬると舌をからめられると、とんでもなく心地がよくなってくる。

丸まった蕾をじゅるじゅると音を立てながら吸われると、下肢の間が異様な熱を帯びた。

(こんなことされて、どうして身体がおかしくなるの?)

不快なことのはずだ。よくも知らぬ男によこしまな行為をされているのだから。唇を奪われるだけでなく、胸を触れられ、さらには口淫をほどこされているのに、アリーセの身体は今までにない変化を生み出してしまう。

濡れた右の乳首を押し回されて、アリーセはため息をもらした。

同時にいじられると、甘いうずきが生まれて、悩ましい快感が背を跳ねさせる。

「アリーセ様、どうか俺を受け入れてください。あなたをどうしても妻にしたいのです」

クラウスが整った顔を歪めてアリーセの目を覗き込む。ねだるような口調に、アリーセは喉を鳴らした。彼はアリーセの頬を両手で挟むと、さらに懇願する。

「ヨーゼフのことなど忘れてください」

あまりにも残酷な言葉に、アリーセは顔を背ける。

「……嫌です。忘れるなんて、できません」

何度も手紙をもらい、何度も励まされてきた。その思い出を、クラウスの妻になるからといって捨てろというのか。

「わたしにとって、とても大切な思い出です」

「ならば、俺があなたの心の中にいるヨーゼフを消してみせますよ。こうやって」

クラウスはそう言うなり、アリーセの唇を奪ってきた。舌を奥まで差し入れられて、アリーセは細い声でうめく。

「ふん……んんう……ふうぁ……」

舌を乱暴に喉の奥に挿入され、しかも、前後にしごかれる。

唾液を交換する激しいくちづけに、アリーセは彼の胸を必死に押し返そうとする。

しかし、体重をかけてくるクラウスを押しのけることなどできず、それどころか、彼はネグリジェの裾をめくりだした。

「ん……んんん……んぅう……！」

するすると腰までめくられて、アリーセの心臓がドクドクと脈打った。下に穿いているのは、ドロワーズだけだ。危機感が募る。

（だめ、だめ……！）

奥手なアリーセも、子をつくるための作法は知っている。下肢の間に触れられては終わりだという思いがあった。なにより、そこに触れていいのは、ヨーゼフだけだと信じてきたのだ。

（それなのに、クラウス様に触れられてしまうなんて）

クラウスはアリーセの舌を揺さぶりながら、ドロワーズの上から腿をさわりだす。

「ん……んん……んや……」

内股にぎゅっと力を入れて、手の侵入を拒もうとする。これ以上、彼に好き勝手をさせたくない。

クラウスはアリーセの抵抗を知り、別の攻撃をはじめた。

右手はアリーセの乳房をやわやわと揉み、左手はあらわになった腰を撫でる。

「ふ……ふん……ふぅ……ふぁ……」

悩ましげな手つきで腰を撫で、腹の上で円を描く。ときにはへそに指を入れて押し回す。

「は……はぁ……あぁ……あぁぁ……」

「アリーセ様の肌は上質な絹のようにすべらかで手ざわりがいい……。俺の手は荒れているでしょう。痛くありませんか？」

くちづけをやめたクラウスが悪びれもせずに訊いてくる。アリーセは涙を浮かべてきついまなざしを向けた。

「肌など痛みません。心が痛いだけです！」

「なるほど、では、その心の痛みを忘れさせなくてはいけませんね」

クラウスがにやりと笑った。それが、救世主を誘惑したという悪魔の笑みを思わせて、アリーセの背にぞくりと悪寒が走る。

(この男《ひと》が美しいのは悪魔そっくりだからだわ)

救世主を誘惑した悪魔は、恐ろしいほどの美形だったという。

灰青色の瞳に色気を含ませてアリーセを見つめると、彼はすばやくドロワーズを引きずり下ろした。

「あ……！」

力が抜けていた隙を狙いすました攻撃に、アリーセはなすすべもなかった。

せめてもの反抗とばかりに足をばたつかせるも、彼は踵《かかと》を摑んで抵抗を封じ、ドロワーズを抜き取ってしまう。

「や、やぁ……！」

秘処を守りたいあまりに、股を閉じて横を向いたアリーセだが、彼に腰を摑まれて難なく仰向けにされた。クラウスは恥丘の上に手を置く。

下映えの毛を梳かれて、あまりの恥ずかしさに耳まで熱くなった。

「やめてください、そんなところさわらないで……！」

「こんなところまでさわり心地がいいとは、アリーセ様は男をくるわせる身体をしておられる」

「な……！」

聖オクタヴィアに憧れているアリーセにとって、クラウスの賛辞は侮辱にしか聞こえなかった。純潔のまま死んだ彼女は、この世のすべての乙女の守護者だ。今となっては、彼女がとてつもなくうらやましい。

「……もっといっぱいさわっていいですね」

クラウスが下肢に指を這わせた。

花びらを割って、誰にも触れられたことがない谷間をつぅっとなぞられる。アリーセは腰を跳ねさせた。

「あ……いやっ……」

「よかった、濡れておられるようだ」

クラウスが嬉々として指をすべらせる。誰からもろくに触れられたことのない秘部をこすられて、慣れない刺激に腰が勝手に跳ねてしまう。

「あっ……やっ……いや……さ、さわらないで……」

指が往復するたびに背がぞくぞくし、踵がベッドをすべる。

谷間を何度も往復していた指がつと一点で止まった。恥丘のすぐ下、花びらのつけねと表現していい部分だ。

(あ、何……)

先ほどクラウスが指をすべらせていたとき、そこに爪が触れるともどかしいような感覚が生まれていた。はっきりとは言えないが、何かが埋まっているような気がしたのだ。

「アリーセ様の宝石を掘り出してみせましょう」

クラウスが指先をくりっとひねる。その瞬間、下腹にびりびりと快美な刺激が走った。

「あ……あああっ……」

「やはりアリーセ様にもおありになる。ここは快楽の源、陰核と呼ばれているのです。皮を剝《む》いて直接さわられると気持ちよくなれますよ」

「や……そこ……だめっ……」

クラウスが陰核を押し回すたびに、強烈な快感が生まれ、アリーセは身悶えた。

「あ……や……いや……やっ……」

抗いがたい快感だった。無意識に閉じようとするアリーセの内股を押しのけて、クラウスはそこを集中して攻めてくる。

指先を押し当てて肉の宝石を転がし、上下左右に揺する。

中指で陰核をこすりながら、薬指は花びらをこすりたて、人差し指は谷間の中央をくすぐる。

ひくっひくっと断続的に押し寄せる快感は、下腹の奥を昂ぶらせ、熱をためていく。

「ああ、いやなの……そこ……それ以上は、だめ……」

アリーセは無我夢中で懇願した。クラウスがいじっている肉の粒はさっきから恐ろしく強い快楽の波を生み出している。アリーセは抵抗もできず、身体をびくびくと揺らし、胸を震わせている。

「達《い》きそうなら、達っていいんですよ、アリーセ様」

「は……何、それは……」

「気持ちがよすぎておかしくなりそうだったら、我慢しなくてもいいという意味です」

「や、や……」

涙目で首を左右に振り、クラウスの手を引きはがそうと己の手を重ねるが、彼の指は吸いついたように離れない。

「いっぱい濡れてきたから、気持ちいいはずですよ」

谷間の中央をくすぐっていた人差し指がするりと動いて陰核に触れる。

二本の指でつままれひねられて、白い光が背を貫いた。

「は……はぁあっ……ああっ……」

腹の奥がきゅうっと収縮する感覚は、とてつもなく気持ちがよかった。

腰を淫らに跳ねさせ、背をそらして、アリーセは初めての絶頂を迎えてしまった。

お腹の最奥がびくっびくっと収縮し、そのたびに甘い余韻が全身に広がる。わななく下肢の狭間に、クラウスの指がすうっと差し入れられる。

「中がビクビクしていますね。よかった、達したのですね」

ほっとしたように言われて、アリーセは顔を背けた。

（……なんてこと）

淫らな触れ合いをクラウスと行い、あまつさえそれに快感を覚える。

あってはならないことが起こってしまった。

（ヨーゼフ様、今、どこにおられるのです？）

目を閉じて、胸の内で彼を呼んだ。本来なら、ベッドの上で身体を許す相手はヨーゼフのはずだった。それがクラウスになるなんて。

「まだ終わりませんよ、アリーセ様。肝心な部分はここです。あなたが俺の子を身ごもるところなのだから」

クラウスは蜜があふれていた狭間に中指をゆっくりと出し入れする。先ほど快感だけを与えられた陰核とは違って、アリーセの内側はクラウスを拒むかのように痛みを訴える。

「や……痛い……やめて……」

「……男を受け入れたことがないからでしょう。あなたの中は無垢《むく》で穢れ知らずだ。俺がたっぷり可愛がって、情交の愉しさを教えてあげますよ」

クラウスは中指をゆったりと抽送しながら人差し指で淫芽をこすった。先ほどアリーセを惑乱させた快感がまた生まれてしまう。

「は……はぁ……」

誰も触れたことのない蜜孔に中指を出し入れさせ、人差し指で無防備な快感の粒をこねまわす。

痛みと快楽が入りまじって、アリーセは訳のわからぬまま全身を震わせる。

アリーセは悩ましげなあえぎをあげながら、腰を浮かせた。

「はぁ……はぁ……あぁ……」

中指の痛みが少しずつ違和感に変化していく。痛みは抵抗を誘うが、違和感はまだ受け入れられるものだ。

「は……ふわ……はぁ……あぁ……」

中指が律動的なリズムで出し入れされる。そのリズムが次第に心地よくなってくる。

（なんなのかしら、これは……）

刺激に慣れてしまったのか、クラウスが蜜壺の中をかきまぜると、ぬるま湯のような快感が広がる。

クラウスは指を中で曲げた。関節で恥骨の裏をこすられて、またもやきつい快感に襲われる。

「あ……んん……」

「ああ、早くアリーセ様の中に挿れてしまいたいですね」

「な、なにをおっしゃっているのです？」

涙に覆われた瞳で精一杯睨んだが、クラウスは左手でベルトをはずし、着ていた軍服のトラウザーズをずりさげた。

あらわれたのは、天を向いた男根である。

「ひっ……」

あわてて顔を背けた。空に向かって斜めにそそり立つ男根は赤黒い色をしていた。なにより尋常ならざる太さで、アリーセは驚愕するしかなかった。

(あんなモノをわたしの中に挿れるというの)

浅ましい欲望の証を示されて、アリーセはおののいた。あれを見てしまうと、純潔のまま世を去った聖オクタヴィアが心底うらやましく思えてならなかった。

「アリーセ様は本当に純粋でいらっしゃいますね。これを見て、顔を背けるとは」

クラウスが自分のモノを挑発的に揺らしてみせる。視界の端でとらえた彼の行動に、アリーセは息をひそめた。

「ここも、ほぐれてきましたね」

「だっ……だめ……」

クラウスが曲げた指で悦楽の庭をこすりたてる。波紋のように広がる快感に、下肢をだらしなく広げて、アリーセは腰を揺すった。

「あっ……あっ……」

「挿れてもいいですか？」

「そ、そんな、嫌……」

頑是ない子どものように首を振り、アリーセは拒否の意思をあらわす。

（こんな形で純潔を失ってしまうなんて）

しかも、相手はヨーゼフではなくクラウスだ。それを思うと、胸の奥が引き裂かれるような痛みに襲われる。

「お願い、やめてください……」

アリーセは潤んだ瞳で懇願した。

すると、クラウスが理知的な頬に不敵な笑みをたたえる。

「まだやめてとおっしゃるなら、もっとしてと言いたくなることをしてあげましょう」

「そんなことしないで……！」

顔を左右に振って拒否したが、膝の裏を押されて足を大きく開かされる。秘部が空気に触れてひんやりするのが恥ずかしかったが、もっと耐えられないのは、彼の目に完全にさらされたことだ。

「ここを味わわせてください。アリーセ様の下の唇にもくちづけをしたい」

クラウスの頭がアリーセの股の間に沈められる。髪が内腿に触れてくすぐったい。

だが、アリーセをさらなる羞恥が襲う。クラウスが先ほどまで指を挿れていた蜜孔にくちづけをしてきたのだ。

「あ……だめっ……」

「ああっ……だめ、そんな……」

やわらかな唇が熱烈なくちづけを繰り返す。それだけでは収まらず、彼は指を使って、アリーセの秘唇を押し開いた。

くちゅっと音がして、アリーセの淫らな唇は広げられる。

「いや……や……」

クラウスは肉厚の舌を秘唇の間に伸ばす。舌先で粘膜をくすぐられ、あられもない声をあげた。

「は……はぁ……んあぁ……」

「赤く染まって……昂奮しているのですね」

「や、ちが……」

「もっと舐めてあげましょう。俺が中に欲しくなりますから」

クラウスは舌を秘口に差し入れた。あたたかい舌がにゅるにゅるとアリーセの無垢な粘膜を刺激する。子壺がわなないて、新たな蜜がどっとあふれた。

「はぁ……やぁあっ……」

「こんなにも悦んでくださるとは、俺もうれしい。アリーセ様の蜜は花の香りがしますよ」

「や、やめて……！」

じゅっと蜜を吸われて、それだけで気絶してしまいそうなほどに恥ずかしい。彼はそれだけでなく、蜜孔をぴちゃぴちゃと音を立てて舐め、口内にするように舌を抽挿し、飢えた獣のようにアリーセの秘部に吸いつく。

「ひ……ひぁあ……やめ……おねが……やめて……」

こんな振る舞いは、きっと神が許してくれまい。そんな気になり、アリーセは涙を浮かべて首を振る。

「おねがい……やめて……」

クラウスの頭に手を差し入れ、彼をどかそうとするが、クラウスは内股を広げている手にさらに力を入れて、アリーセの股間に顔をうずめてくる。

「あ……そこはっ……だめぇ……」

クラウスは舌先を陰核に移動させる。先ほどの指技でぷっくりとふくれあがった淫らな芽の上で円を描かれ、アリーセは喉をそらした。

「は……はぁっ……はぁあっ……」

強すぎる快感が蜜口の奥に轟いて、力なくあえぐ。腹の最深部が淫らに震えて、蜜液を噴いた。

「ああ、また蜜があふれてきました。まるで泉ですね」

「ふ……ふぅ……やぁっ……」

「こんなにも淫らな泉をお持ちとは、うれしい誤算だ。清らかなアリーセ様も、男をくるわせる愛液をたたえておられるのですね」

「やぁっ……」

アリーセは首を横に振った。クラウスが言う泉などありはしないのだと否定したかった。

（ああ、でも……）

彼が陰核を舐めるたびに火を噴くような快感が生まれ、アリーセを懊悩させる。肉体ははっきりと歓喜に打ち震え、アリーセの願いを無視する。

「気持ち……よくなんて……ない……」

思わず口をついたのは、ごまかしだった。快感を覚える自分を認めたくなかった。

「……素直になってください。気持ちよくなるのは、悪いことではありませんよ」

クラウスは舌技をやめると、身を起こしてアリーセの顔を覗き込む。両頬を彼の大きな両手で挟まれて、泣き濡れた目を彼に向ける。

「あなたの身体が悦ぶのは当然なのです」

アリーセが胸を上下させて彼を見つめると、クラウスは双眸に色気をあふれさせて言う。

「あなたを聖オクタヴィアにはしません」

「な……」

「俺はアリーセ様を一生守り、大切にします。オクタヴィアの婚約者のようにあなたを迫害し、裏切るまねはしません」

誓いのように凛《りん》と宣言されて、アリーセは彼を見つめる。

思いもよらぬ告白に、なんと反応していいかわからない。

「……それに、あなたの純潔は俺が奪ってしまいますしね」

クラウスは唇の両端を持ち上げると、アリーセの膝の裏をきつく押して、秘部を天に向けるほど股間を押し広げる。それから膨張しきった男根で割れ目をこすりだした。

「あ……あぁっ……やぁっ……やあぁぁ……」

丹念な愛撫で濡れそぼった谷間で鋼の硬さの男根をしごかれる。くっきりと浮き出た裏筋で蜜口から尿道口、陰核までこすりたてられて、アリーセは胸を揺らしてあえいだ。

「は……は……はぁっ……あぁ……ああっ……！」

強すぎる刺激だった。やわらかくほぐれた秘処を前後にこすられて、種類の異なる快感を味わう。とりわけ陰核をしごかれると、愛蜜が蜜口の奥からほとばしった。

「アリーセ様の蜜で俺も濡れています。しかし、もっとびしょぬれになりたいですね。中に挿れてもいいですか？」

クラウスはアリーセを言葉で辱めながら、三角に尖った男根の先端を淫らに咲き誇る花びらの間にもぐらせる。

「だ……だめ……そこはっ……いやっ……」

アリーセは泣きながら首を振った。

まだすべてを与える決断はできない。

「お願い……だめっ……」

クラウスにこんなにも猥褻な接触をされたあとで、ヨーゼフにどんな顔をして会えるというのか。もはや彼を慕っていると伝えることなどできはしないだろう。

(まだ純潔を失いたくない)

「……あなたが欲しくて、俺ははちきれそうですよ」

クラウスは苦悶の表情をして、秘唇のふちをもぐらせた男根の先端で押し回す。もどかしくも快美な刺激に、身体の奥から愛液が噴き出した。

まぎれもなく、アリーセの内側は男を迎える準備が整っていた。クラウスがほんの少し入れた男根を身体の空隙は欲しがっている。

(ああ、だめっ……)

ここでなし崩しに身体を繋げたくない。クラウスを招き入れるとしても、彼の妻になると決めてからでなくては後悔する。

「だめ……お願いだからっ……」

アリーセは己の腰を摑むクラウスの手に自らの手を重ねる。涙をこぼして哀願すると、彼は唇を噛んだ。

「……俺が結局はあなたに従うとわかっての頼みなのですね」

「違っ……」

「わかりました。そのかわり、俺が子種を出すまで付き合ってもらいます」

クラウスはそう言うなり、充血した陰唇の狭間で激しく腰を振りだした。アリーセの敏感な秘部は絶え間なく与えられる刺激に負け、裏筋にこすりたてられた陰核はたちまち官能の波を生み出して、アリーセの背を跳ねさせる。

「あ、あん、あぁっ、あん、やぁっ、あん」

蜜口の奥がきゅうっと収斂して弾けた快感が背を貫いていく。

絶頂の余韻にひたる間もなく、次なる波がアリーセの子壺を収縮させた。何度も悦楽の果てに追いやられ、アリーセは股間をあられもなく緩め、腰を浮かせた。

「は、はぁあっ、あん、ああっ、んぁあっ」

クラウスが左手でアリーセの腰を抱いたまま右手で乳房を揉んでくる。乳首をきゅっとねじられ、淫芽をこすりたてられて、アリーセは喉をそらして頂に上りつめた。

「ふぁ、あああっ、ああっ……！」

下肢の奥がびくびくと蠕動《ぜんどう》して、愛蜜をほとばしらせる。あふれた蜜がクラウスの肉棒のすべりをさらによくした。

「ああ、そろそろ俺も達しそうですよ」

クラウスが勃《た》ちきった男根を割れ目に強く押しつけてこすりたてる。彼は上半身を倒して、アリーセの唇を求めてきた。

「ふうぅっ」

息をふさがれて、舌を追い求められる。腰の動きと合わせるように彼の舌がアリーセの喉奥をいやらしく攻めた。

クラウスの軍服の飾りがアリーセの乳首をこすりたてる。様々な快感がいちどきに押し寄せて、アリーセはなすすべなく絶頂に追いやられた。

「ん……んうぅ……うう……」

恥辱と快感の極みを味わって、気が遠のく。淫らに咲いた深紅の花びらの上に、クラウスが放埒《ほうらつ》に射精した。

三章　愛の告白

翌朝の目覚めは最悪だった。

クラウスはすでにいなかったが、ネグリジェは整えられていた。まるで何事もなかったようにドロワーズを穿かされていたが、下肢のあわいは何度も味わった絶頂の余韻のせいか気だるく、喉はひどく渇いていた。水が飲みたいが、アリーセは起きる気になれなかった。

（なんて恥ずかしい……）

己を蔑む声が自分の内側から聞こえ、情けなくてたまらなかった。口ではクラウスを拒否しながら、肉体は彼の与える愛撫に屈服していた。

（あんな声を出してしまうなんて……）

自分が発した声がみっともなくてたまらない。あえぎ声は節操もなかったし、腰を淫らに乱舞させる様は滑稽だっただろう。

（死んでしまいたい……）

　ベッドに伏せてめそめそと泣いていると、パメラが強引に入室した。

「いつまで寝ているんですか？」

　彼女はアリーセをベッドから引きはがすと、女官と一緒に取り囲み浴場に連れて行く。湯を使ってアリーセの身体を清めると、コルセットを身につけさせ、ドレスを着せつける。襟の詰まったワインレッドのドレス、結った髪には宝石のついた櫛をつけ、真珠のイヤリングを耳につけた初々しい姿である。

　部屋に戻ると、朝食兼昼食が用意されていた。湯気をたてるポタージュ、温められたパン、茹でてソースがかけられた白アスパラガス《シュパーゲル》とはちきれんばかりのウインナー、揚げたての芋など、メニューは帝国のそれと変わりない。

「さ、アリーセ様、お召し上がりください」

　アリーセはテーブルに並べられたそれらを眺めた。

「いらないわ」

「残したら、料理人が嘆きますよ」

　パメラの脅しは、アリーセが一番嫌いなことだった。料理人の苦労を知っているからだ。

（帝国にいたころ、厨房に遊びに行くと、みんなが可愛がってくれたわ）

　宮殿の厨房に控える料理人たちは、大量の野菜をすばやくカットし、重いフライパンを何度も振って料理を作っていた。アリーセが見学に行くと、料理の手順を教えてくれたり、試しに作らせてくれたり、少しも嫌がらずに相手をしてくれた。彼らは異口同音に、『提供した料理をすべて食べてもらうのが何よりもうれしい』と言っていたのだ。

「……神よ、今日のパンをお与えくださったことに感謝いたします」

アリーセは胸の前で十字を切ると、ちぎったパンを口に運ぶ。小麦の素朴な甘みが口中に広がった。

「おいしい……」

オストフェンで日常食べられるパンはライ麦のパンだ。寒冷地でもあるオストフェンは、小麦よりもライ麦が栽培されているからだ。しかし、このパンは小麦のものだった。おそらく、アリーセが帝国でふだん食べているものを意識してくれているのに違いない。

「帝国のメニューに近づけるようクラウス様が指示したんだそうですよ」

パメラの説明に、アリーセはパンを噛みしめた。クラウスはアリーセに気を配ってくれているのだ。

(あんなことをしたのに)

もしかしたら、このメニューは詫びのつもりなのだろうか。

「さ、アリーセ様。どんどんお召し上がりください」

パメラが椅子に座って、控えている女官たちに微笑んだ。

「少しの間、ふたりだけにしていただけます？」

「わかりましたわ」

女官たちは声を合わせて返事をすると、ドレスを少し持ち上げて膝を曲げる礼をし、部屋を出た。

アリーセはナイフとフォークを握ると、パンパンに張ったウインナーに慎重にナイフを入れた。裂け目から肉汁が流れ出て、皿の上にジューシーな湖が広がる。一口大に切ったウインナーを食べると、肉と香辛料の旨みがまざり合い、野趣《やしゅ》あふれるおいしさだ。

「アリーセ様、これをご覧ください」

パメラがそっと差し出してきたのは封筒だ。封蝋《ふうろう》には皇帝の印璽《いんじ》が押されている。

「お父様……」

父といえども、皇帝は遠い存在だ。親子といっても、ろくに会話もなく、触れ合いもない。

受け取った封筒を開けると、手紙が入っていた。文字を追うと、手紙の趣旨はただひとつだった。

「クラウスに嫁いで、王妃としての務めを果たせ……」

笑いだしたくなるほどのそっけなさだ。

「……クラウス様は、最後までなさらなかったと説明してくださいました」

パメラの発言にアリーセは手紙を取り落としかけた。

「何を聞いたの!?」

「昨夜、起こったことです。耐えきれずアリーセ様を襲ってしまったとお伺いしましたが」

アリーセはパメラに向けて眉を吊り上げた。テーブルの端に折りたたんだ手紙を置くと、羞恥を怒りに変えて語気を強めた。

「そうよ。とんでもないことをしたのだわ、あの方は」

「まあ、婚礼前の……しかも、アリーセ様を襲うなど、とんでもない話ですけれど」

パメラは咳払いをすると、身を乗り出してきた。

「けれど、クラウス様がアリーセ様に興味を示されているのならば、アリーセ様にとっても、お幸せなことです。クラウス様はヨーゼフ様のように愛人はいないようですよ。お堅い性格でいらっしゃるようなので」

「……そんなこと、わたしには関係ないわ」

「拗《す》ねずに聞いてくださいよ。ヨーゼフ様の花嫁になったとお考えになってください。あの方には、イリスという愛人がいたんですよ。もしかしたら、まったく歓迎されなかったかもしれません。お堅いというクラウス様のほうがずっといいお相手ではないですか」

「それは……」

アリーセは唇を噛んだ。否定しきれないのが悲しい。

（確かに、パメラの言うとおりかもしれないわ）

結婚と恋愛は別ものというのが、高貴な身分の共通認識だ。

（でも、わたしは、嫌……）

神が正式に認める仲は結婚のみだ。ならば、結婚に愛が付随するのが理想のはず。アリーセはそう考えていたし、ヨーゼフともそうなりたいと望んでいた。

いくらクラウスに愛人がいないからといって、いきなり心変わりをするわけがない。

アリーセはシュパーゲルを一口大に切り分けて口に運ぶ。新鮮なシュパーゲルの滋味が舌に広がるが、味気なく感じられてしまう。

アリーセを説得したいのか、パメラの口調はさらに熱を帯びた。

「クラウス様がお相手でしたら、愛人に大きな顔をされて腹立たしい気持ちになることもありません。あたしの家のことを思い出してくださいませ。父の愛人が我が物顔で屋敷に出入りするたびに、首を絞めたくなりましたよ」

「それはそうだったけれど、パメラのお母様だって、お邸《やしき》に寄りつかなかったではないの」

由緒正しい血筋だが、金銭的には年を追うごとに負債がふくらんでいくようだったパメラの実家は、乳母として宮殿に入り浸りの母と愛人持ちの父伯爵の仲が悪く、冷え切った空気だったと聞いている。

「まあ、そうですけどね。でも、それは父のせいでもあるんですよ。愛人に大きな顔をさせる夫のそばに、誰がいたいと思いますか？」

憤然と言われて、アリーセはうなずくしかなかった。

愛人はいてもいいが分をわきまえさせろ、というのが、貴族の妻たちの本音なのだ。

「それを考えたら、クラウス様のほうがうんといいに決まっています。愛人がいないということは、面倒がないということじゃないですか」

「それはそうだけど……」

気が進まないまま答えて、ポタージュを口にする。とろりとしたジャガイモのポタージュはすっかり冷めていた。

「アリーセ様。色々と思うところがあるのもわかります。けれども、これは国と国との結婚です。皇帝陛下もクラウス様を婿にすると決めたのですもの。逆らうことなどできません」

「……わかっているわ」

アリーセはパンを口に入れて、敵《かたき》のように噛んだ。

(そんなことくらい、承知しているに決まっているわ)

けれども、理解しているからといって、納得できるわけではない。

「アリーセ様。おつらいのはわかります。でも……」

パメラはアリーセを励まそうとしてか、笑顔をつくる。

「これからクラウス様と過ごしていけば、お気持ちも変わるかもしれません」

アリーセはパメラを見つめた。

彼女がなんとかアリーセの気持ちを前向きにしようと言葉を重ねてくれていることはわかる。

だから、本当の気持ちを率直に告げた。

「わかっているのよ、わたしはクラウス様に嫁がなければならない」

「アリーセ様……」

「でもね、少し時間が欲しいの。自分の気持ちを落ち着かせるための時間が」

アリーセはナイフとフォークを置いて、居住まいを正した。

「クラウス様とはちゃんと結婚するわ。だけど、もう少しだけ待ってほしいの」

「もちろんです」

パメラが深くうなずいた。アリーセはようやくわだかまりを告げられてほっとする。

「いっぱい食べてくださいね。お茶をお持ちいたしますから」

安心したような表情で呼び鈴を鳴らすパメラを見つめながら、アリーセは、食事は終わりと示すために、ナイフとフォークを皿の上に揃えた。


午後、アリーセは城の庭を散歩することにした。

庭とはいっても、この城の庭はそれほど広くない。それでも、クロッカスが植えられた区域、薔薇が植えられた区域など分かれていて、季節ごとに楽しめるように工夫されている。

アリーセはクロッカスの青い花が咲いている区域を歩いていた。

ひとりになりたいと強く要求し、パメラや女官たちには遠慮してもらった。

「きれい……」

クロッカスの花の色は鮮烈な青だ。アリーセはしゃがんで眺める。

「……草花の世話をさせてもらえないかしら」

刺繍やピアノは苦手なアリーセだが、庭師に頼んで土いじりをしていたときは、楽しい時間を過ごせた。

水や肥料をやりながら、無心で花の世話をしていると、感情の浮き沈みがなくなったのだ。

間に生えている小さな雑草を抜いていると、頭上に影が差した。

「何をしているんですか？」

十代後半くらいの娘だった。吊り上がり気味の眉と眦《まなじり》が下がったアーモンド形の目が印象的だ。髪をすっぽりと三角巾で隠し、紺色のスカートに白いエプロンを合わせたエプロンドレスを着ている。どうやら下働きの娘らしい。

「雑草を抜いているの」

「雑草を？」

「ええ」

「見慣れないお顔ですが、どなたです？」

質問されて、アリーセは両方の眉尻を下げた。アリーセは昨日来たばかりだから、顔を知られていないのだろう。

「わたしは……その……帝国から来た――」

「もしかして、アリーセ様ですか⁉」

侍女はあわてて数歩退き、膝を深く曲げて礼をした。

「畏れ多くも、お声をかけてしまい申し訳ありません！」

「大丈夫よ、気にしていないから」

「でも、失礼を……」

「いいのよ、本当に」

アリーセが立ち上がると、彼女は上目遣いで様子を窺う。

「ご無礼をお赦しいただけますか？」

「無礼なんてされていないわ」

アリーセは手の土を払うと、ポケットに入れていたハンカチで手を拭いた。

「姫様はお花がお好きなんですか？」

「ええ、好きよ」

「それで雑草を抜いていたのですね」

「花の世話をするのが好きなの」

アリーセが答えると、彼女は両手を合わせて顔を輝かせた。

「姫様はおやさしいんですね。手が汚れるのも厭わず花の世話をなさるなんて」

「そんな大したことではないわ」

アリーセは褒められすぎて恥ずかしくなり、ハンカチをぎゅっと握りしめてしまう。

(むしろ、こんなことばかりするから変わり者だと思われていたのだもの)

きょとんとした顔の侍女に、アリーセは自分から声をかけるべきだと咳払いをしてから切り出した。

「お名前は?」

「わたくしはイゾルデと申します。下働きをしております。よろしくお願いいたします」

両膝を曲げる礼をしてから、彼女は顎の下で手を組み、目を爛々と光らせてアリーセを見つめた。

「それにしても、アリーセ様にお会いできてうれしいです」

「ありがとう」

「でも……」

イゾルデは視線を迷わせてから、身を乗り出した。

「オストフェンに来られて驚かれたでしょう。ヨーゼフ様がいらっしゃらなくて」

「ええ……」

アリーセがうつむくと、彼女が下から顔を覗いてきた。

「本当にひどい話です。クラウス様が悪いんですわ」

「えっ?」

イゾルデは、こぶしを握ると、ここにいないクラウスへの抗議を続ける。

「ヨーゼフ様は玉座から追い落とされたのですよ、実の弟のクラウス様に！」

「それは、本当なの……？」

アリーセは口元を手で覆った。

「クラウス様は、民がヨーゼフ様を追い出したと言っていたわ」

「民が押し寄せたのは事実です。でも、でもですよ。由々しきことだとお思いになりませんか？　卑しい者どもが王を追い払うなんて、とんでもない話ですよ」

イゾルデは遠慮なく不満を吐き出す。アリーセは勢いに圧倒されてイゾルデの熱い語りに聞き入ってしまう。

「ヨーゼフ様はご立派なお方なのです。この遅れたオストフェンを帝国と対等にしようとなされたのですよ。色々な計画を立案されて……。その気持ちを臣民はまったくわかろうとせず、感謝するどころか、ヨーゼフ様を追い出すんですからっ！」

こぶしを握って力説するイゾルデに抱いていた質問を投げかける。

「ヨーゼフ様は、民に圧政を敷いていたの？」

「圧政？　遅れたオストフェンが帝国を追い抜くためには努力をしなければならない、と命じていただけですわ。生産の目標を厳しくしたのも、目標未達の者を罰したのも、すべてはオストフェンのため。それがわからないなんて！」

イゾルデの発言を聞いていると、アリーセの心にうっすらと失望という名の埃が積もる。

（それが本当なら、ヨーゼフ様が憎まれるのは当然のような気がするわ……）

たとえオストフェンを発展させたいという気持ちがあったとしても、厳しくするだけでは民に伝わらなかっただろう。

イゾルデの身振り手振りの説明を聞きながら、アリーセは思い切って質問する。

「イゾルデ。ヨーゼフ様は、今どこにいらっしゃるか、ご存じ？」

「ヨーゼフ様の居場所ですか？」

イゾルデは唇をいったん鎖してから開きかけ——唇の端を引き結んだ。警戒感をあらわにした様子に訝しんでいると、薔薇の生垣の向こうに、クラウスが姿をあらわした。

「わたくしとしたことが、しゃべりすぎてしまいましたわ。申し訳ございません」

「いえ、いいのよ。それよりも、ヨーゼフ様は——」

「ヨーゼフ王の居場所など、誰にもわかりませんわ。アリーセ様、またお付き合いいただいてもよろしいですか？」

「え、ええ」

イゾルデは膝を曲げて礼をすると、逃げるように去って行く。

実際のところ、イゾルデは他国の皇女と軽々しく言葉を交わせる身分ではない。だから、クラウスの叱責を怖れて逃げたのだろう。彼女が庭の奥——樹木の茂った区域に去って行くのを見送っていると、クラウスが小走りで近づいて来た。

「アリーセ様、先ほどの者は？」

「……下働きの者だそうです。聞きたいことがあったので、わたしが呼び止めました」

イゾルデの素性をバラして、彼女が叱責を受けるのは避けたかった。オストフェン人で本音を話してくれる人物との繋がりは、大切にしておきたかったのだ。

「名前は？」

「わかりませんわ。では、失礼します」

そっけなく答えてから、彼の横をすり抜ける。

怒りと恥ずかしさとわだかまりが心の中でごちゃまぜになっている。クラウスの顔を直視することができなかった。

（あんな恥ずかしいことをしたというのに、どうして平静でいられるのかしら）

淫蕩な振る舞いに及んだ彼は、常と変わらぬ表情をしている。淫らな姿をさらしたアリーセは甦った恥辱に苛まれ、密かに耳まで熱くしているというのに。

「アリーセ様」

クラウスはすばやくアリーセの前に移動して、進路をふさぐ。アリーセは動揺を隠すために、わざときつい物言いをした。

「わたしは部屋に戻ります」

「……昨夜、あなたの肌に触れたのは、我が想いを抑制できなかったためです。アリーセ様には申し訳ないことをしました」

クラウスが軽くうつむく。

本当に落ち込んでいるようで、アリーセは面食らってしまう。

クラウスはその場に片膝をついた。それから、アリーセの右手をそっと自分の手にのせる。

アリーセはびくりとした。昨日の接触を思い出し、否応なく緊張してしまう。

「改めてお願いしたいのです。俺の妻になってください。国のために」

アリーセの身体がピタリと動きを止める。

(国のため……)

この結婚は両国のため。だから、クラウスが国のために結婚してくれと訴えるのは理解できる。彼は両国の友好のために皇女を欲しているのだ。

(わたしは帝国皇女。だからこそ、結婚を望まれている)

当たり前のことだ。アリーセの価値はそこにしかない。

(だったら、どうして身体に触れたの……)

アリーセの身体に淫らに触れたのは、どういう意図があったというのか。

(きっと、あれも国のためだったのね……)

彼にしてみれば、早急にアリーセの純潔を奪い、結婚の承諾をさせようと考えたのかもしれない。だとしたら、なんと狡猾《こうかつ》なことなのか、とアリーセは思う。それが王としてなすべきことだとしても、受け入れがたいものを感じさせられた。

「アリーセ様」

呼びかけられて、クラウスに注意を戻す。彼は真剣な表情でアリーセの答えを待っている。

「わたしは……どう答えるべきかわかっています。でも、もう少し考えさせてください」

アリーセは本心を素直に伝えた。正直なところ、結婚を断ることなどできない。しかし、結婚するなら、自分が心から納得したときにしたかった。

「わかりました」

クラウスが右手の甲にそっとくちづけをする。貴婦人への礼を示すそれに大した意味はないはずだ。

けれども、昨夜の淫らな接触を思い出して、鼓動が速くなってしまう。

(何を考えているのよ)

こんな男など大嫌いなのだ。だから、あんな卑劣な行為を思い出してはいけない。

クラウスの手の力が緩んだ隙に、アリーセは己の手を取り戻す。くちづけされた部分が熱を持っているようで、アリーセは刻印を押されたようなそこを無意識のうちに左手で隠した。

数日間、アリーセは穏やかな日常を過ごした。

クラウスが庭の作業をしてもかまわないという許可を出してくれたので、アリーセは心ゆくまで土いじりを楽しむことができるようになった。

「アリーセ様、もうお部屋に戻りましょうよ」

薔薇園の雑草を抜き、水をやっていたアリーセは、パメラのうんざりした呼びかけに顔を向けた。

「え？」

「だから、お部屋に戻りましょうと申し上げているんです」

「まだ作業は終わってないわ」

アリーセは答えると、じょうろを傾けて薔薇の根元に水をやる。蕾がようやくちらほらと見えはじめた薔薇は、これから花が美しく咲くための世話をしなければならない。乾いた土に水をまいていると、開花を促しているようで楽しい。

「アリーセ様がすることじゃないでしょう、庭いじりなんて。庭師にまかせておけばいいんですよ」

「もちろん邪魔にならない程度で終わらせているわ」

「そういうことではなく、もっと皇女らしい趣味をたしなんでくださいよ」

「ピアノもバイオリンも苦手なのに？　刺繍は下手だし、気の利いたソネットをこしらえることだってできないわ」

アリーセはじょうろを地面に置くと、ふうと息をついた。額に汗がにじむ。

「土いじりをしているほうが、まだ楽しいわ」

「そうですかねぇ」

パメラが肩を落として息をついた。

「アリーセ様ったら、厨房に入って料理をするし……。とても皇女様のご趣味とは言えないことがお好きなんですから」

パメラの愚痴《ぐち》を聞き流して、アリーセは籠を腕にかけると、花の様子を見て回る。開花を控えて病気になりやすい時期だから、見回りは大切だ。

（別にいいじゃないの）

土いじりは誰に迷惑をかけるでもない趣味だ。ただし、帝国では大っぴらにできなかったことでもある。庭師の仕事に興味を示し、少し手伝ってみただけで、周囲からは非難された。

『皇女ともあろうものが』

今のパメラと同じことを言われ、眉をひそめられた。

（皇女らしくないと言われても……）

おそらくピアノを弾いたら、そんな非難を浴びることはないのだろう。けれども、調子のはずれた音を出してしまうのが常で、いつも嘲笑された。

（どちらにしろ同じなら、気分が上向くことをしたほうがいいわ）

アリーセは大きめの蕾を残して、小さな蕾を採取した。あまりに蕾がたくさんついていると、それぞれの蕾に栄養が行き届かない。間引きが必要なのだ。

「アリーセ様、精が出ますね」

クラウスが薔薇園に入って来た。

気づいたパメラが膝を曲げる礼をして、愛想のよい笑みを投げかけた。

「クラウス様、ありがとうございます。主に代わり、御礼申し上げます」

「いや、アリーセ様が楽しんでくださっているならうれしい。慣れないオストフェンでの暮らしは大変だろうから」

クラウスに微笑みを向けられたが、アリーセは背を向けた。

よくない態度であることはわかっているが、やはりわだかまりが消えない。

「アリーセ様、失礼ですよ」

パメラの声が尖っている。その声を聞き流して、アリーセは薔薇が病気になっていないかを確認し、余分だと判断した蕾を取り去る。

「アリーセ様、お耳だけお貸しください」

クラウスが静かな声で切り出す。

「明日、建築中の聖母教会を見に行きませんか？」

アリーセは思わず彼を振り返った。

クラウスは凛々しい軍服姿で、さっぱりと微笑みかけてくる。誰の心も開いてしまいそうな笑みだが、アリーセは用心しながらたずねた。

「聖母教会ですか？」

「ええ。どうでしょうか」

胸が自然と弾む。オストフェンに新しく建造されている聖母のための教会は、ヨーゼフの手紙にも書かれていたものだ。

（行ってみたい……）

教会に行って民の平穏な生活や国の安寧を祈るのは、アリーセの役割だ。彼の申し出を断る理由はない。

「わかりました。行きますわ」

図らずも弾んだ声音で答えると、クラウスが安心したように頬を緩める。

「よかった。では、準備しておきます」

「何かわたしがすることはありますか？」

「いいえ、何も。ただ、明日の朝、出立できるようにしていただくだけで大丈夫ですよ」

「わかりました。本当にそれだけで？」

「もしよろしければ、何かご不要なものを寄付いただければ助かります」

「お安いご用ですわ」

アリーセは目を輝かせた。聖オクタヴィア教会でも慈善事業にたずさわっていたから、まったく抵抗はない。オストフェンでも同じようにするのだと思えば、クラウスの申し出を受け入れるのに否やはなかった。

「それでは、よろしくお願いします」

クラウスはうれしそうに微笑んでから、足取りも軽やかに薔薇園を出て行く。

（……やさしいお顔だったわ）

アリーセが教会に行くことを喜んでくれている。辛気くさい趣味と母にさえ嫌がられていたのに。

（……うれしい）

理解してもらえる喜びをほのかに感じながら、薔薇の世話の続きをするべく小さな蕾にそっと手を伸ばした。


翌日、アリーセは聖母の教会に連れて行かれた。

聖母の教会は城から見下ろせるオストフェンの街なかにある。中央広場に面した一角に建築中だと手紙には書かれていた。

アリーセたちを乗せた馬車が街に入ると、馬車の対面に座るクラウスが説明をはじめた。

「ブラウフォンの旧市街には昔からの教会があるのですが、聖母の教会は新市街に建築しています」

「新市街に住む民が増えたために建てられたということですか？」

アリーセが質問すると、クラウスが深くうなずいた。

「ええ、そうです。ご存じかわかりませんが、ブラウフォンの新市街には羊毛で生地を仕立てる工場が多く建てられていて、住民が加速度的に増えていましてね」

「北で育てられている羊の毛を刈ってブラウフォンに送っているのでしたよね」

「そうです。アリーセ様はよくご存じだ」

クラウスが表情を明るくする。

「アリーセ様が我が国のことを調べていてくださり、本当にうれしいですよ」

「……少しは勉強しなければと思っただけですから」

過分に褒められて恥ずかしくなり、アリーセは窓の外を見るフリをして、頬の熱を冷ます。

（こんな男《ひと》に褒められて、うれしくなるなんて情けないわ……！）

アリーセを辱めた男だ。それなのに、認めてもらうとうれしさが募ってしまう。

表情が緩みそうになるのを懸命に叱咤した。

「他に我が国のことでご存じのことはありますか？」

「そこまで詳しく調べておりませんから」

そっけなく答えると、クラウスが心なしか悲しげな表情でうつむく。そんな顔をされると罪悪感が生まれて、アリーセはあわてて返事をした。

「最北の海に面した地域では、ニシンの酢漬けの瓶詰めが作られているのは知っていますわ。それから、東北の地方に鉱山があるのでしたよね。武器が作られているのは聞いております」

「そうです。アリーセ様はよく調べてくださっている」

「……オストフェンはわたしの国になりますから」

アリーセは赤面しつつ答えた。

　オストフェンに嫁ぐからには、この国に有益な存在になりたい——それこそが自分の役目だという考えに至ったから、できるだけ学んだのだ。

「喜ばしいことです。アリーセ様が努力を惜しまない方だというのは」

「大したことではありません。それに、まだ十分ではありません」

　クラウスは熱い息を吐いた。

「謙虚なところもすばらしい。アリーセ様は思い描いたとおりの方ですね」

　アリーセは首を傾げる。彼が何を知っているというのか。

「そうですか？」

「ええ。アリーセ様は謙虚で慎ましく、弱き者たちへの思いやりを忘れぬ、すばらしい方だ」

「お世辞はよしてください」

　アリーセは耳たぶに熱を感じてうつむく。

　帝国での体験から、褒められても素直に受け止めることができない。

（たいていは嫌みだったもの……）

　褒めているようで実は皮肉をぶつけられていたという経験はすこぶる多かった。

　ふたりの会話に割って入ったのはパメラだった。

「誰からお聞きになったにせよ、クラウス様のおっしゃるとおりですわ」

「パメラが褒めてくれるなんて、珍しいわね」

アリーセは素直に驚いた。いつも皇女らしくないと小言を言われてばかりなのだが。

「美点と同じくらい皇女らしくないところがございますけれどね」

パメラがわざとらしく肩をすくめるので、アリーセは唇を軽く尖らせる。

「自覚しているわよ、それくらい」

「自覚していただいているだけでありがたいですよ。自分は変人じゃないと思い込んでいる変人の相手をするのは、けっこう大変なんですから」

「パメラ殿は、なかなか手厳しいな」

クラウスは面食らったようにパメラとアリーセを見比べる。

「それに、アリーセ様にそんな口をきいて大丈夫なのか？」

「大丈夫です。アリーセ様の慈悲深さに日々助けられております」

「なるほど。アリーセ様の寛容と慈愛がパメラ殿との関係を支えているのだな」

「ふたりとも、やめてください！」

アリーセはふたりの大げさなやりとりを制止するために、声を荒らげた。

「とても褒められているようには聞こえないんですから！」

「褒めておりますわよね、クラウス様」

「ああ、アリーセ様のご発言は心外の極みだ」

「だから……」

まるきり自分の頼みを聞かないふたりを注意するしかない。

「わたしをからかうのはよしてください」

「からかってはおりません。本気です」

真顔のクラウスにアリーセが再度の反撃をしようとしたとき馬車の車輪が止まった。目的地に到着したようだ。

外から扉を叩かれて、クラウスが内鍵をはずすと、護衛が踏み台を用意していた。

クラウスが先に降りて、続いたアリーセに手を伸ばしてきた。

アリーセは彼の手に自分の手をそっと重ねて、踏み台に降りる。

ぐらぐら揺れていた馬車から地面に降りたせいで、無意識に安堵の息を吐いてしまう。

それから目の前の教会を見て、アリーセは小さく手を叩いた。

「なんて、すばらしい教会なんでしょう……！」

白い化粧石に覆われた教会は、無骨な城とは異なり優美なつくりだった。帝国の教会に似たデザインで、尖塔が天を目指している。表面を覆う浮彫の数々は教会を繊細に装飾し、どこもかしこも美しかった。

「この教会をオストフェンの新たな象徴にしたい。そのような目論見で建築しております」

「立派なお考えです」

「新たに発展していくオストフェンの教会は、やはり美しいものにしたいですからね」

「すばらしいと思いますわ」

足場が組まれて、多くの作業員が作業にたずさわっている。

高所で作業をしている様子が、とてつもなく恐ろしく見えた。しかし、だからこそ彼らの働きに感謝の念がわく。アリーセは胸で十字を切った。

「中をお見せしましょうか？」

「ぜひ。ヨーゼフ様のお手紙にも書かれていましたわ。内装がとても美しいと」

「よく覚えておいでですね」

「覚えておりますわ。ぜひ行きたいと思ったのです」

アリーセが教会から目を離さずに答えると、クラウスが一歩近づいて視界の端に映り込んでくる。

「手紙はすべて覚えておいでなのですか？」

「……ええ、何度も読み返したものですから」

恥ずかしさをこらえて告白する。

ヨーゼフの手紙は心の支えだったから、何かあるとつい開いてしまっていたのだ。

「あの手紙は俺が書いたのに？」

またしても告げられた一言に、アリーセは困惑して彼を見つめる。

真剣な表情のクラウスの発言が、からかっているのか真実を告げているのか、アリーセには判断できない。

「……あの手紙はヨーゼフ様からのものですわ」

アリーセは静かに答えた。狼から助けてもらったあの日から、交流は続いてきた。それをヨーゼフではなくクラウスとの繋がりだと言われても、簡単に受け入れられるはずがない。

「……では、俺とも手紙のやりとりをいたしませんか？」

クラウスの提案に驚き、彼をまじまじと見てしまう。

アリーセの戸惑いを知ってか知らでか、クラウスは愛想のよい笑みを崩さない。

「どうですか？」

「し、しませんわ。会ってすぐ話ができるのに」

顔を合わせて会話ができる相手と手紙のやりとりをする必要があるだろうか。それに、彼がヨーゼフの真似をしようとするなら、お門違いだと言ってやりたい。

（クラウス様が、文通したらわたしが変わると思っていらっしゃるなら、大間違いだわ）

アリーセとヨーゼフの間には、手紙のやりとりを通して積み重なった月日がある。ただ、手紙のやりとりをすればいいというわけではないのだ。

「そうですね。今、アリーセ様とは直にお話ができる。それが一番ですね」

クラウスがうれしそうに目を細めた。その姿に、アリーセは頬が熱くなっていく。

（なぜ、こんなにも喜んでいるのかしら……）

クラウスはアリーセを好ましいとでも思ってくれているのだろうか。

（そんなはずないわ……）

義務感からアリーセを抱こうとした男だ。王としての足場を固めたいために。

自分の立場を守るための行動をしただけだ。

「それにしても、教会見学とは退屈な趣味だと思いませんか、パメラ殿」

「シュベリーン伯爵。お言葉には気をつけてくださいな」

数歩離れた位置で、同行してきたシュベリーン伯爵とパメラが火花を散らしている。

ちょうど足場の下に差しかかったアリーセは、耳に入るやりとりを聞き逃すことができず、振り返った。つられたのか、クラウスが半眼でふたりを見やる。

「あのふたりは教会に興味がないようですね」

「わたしは大好きですわ、教会。早く中を見学したいです」

「それでは、行きましょうか。上に気をつけて――」

彼がそう注意してきたときだった。足場の上のほうから石板が落ちて来た。

「危ない！」

とっさにすくんだ身体をクラウスが抱きしめてかばってくれる。

クラウスの背中に石板が直撃し、彼の身体がぐらりと傾ぐ。体重をかけられて、その場に倒れてしまいそうだったのをすんでのところで尻もちをつくに止めた。

「クラウス様！」

意識を失ったのか、彼はまったく応答しない。重そうな石板が当たったのだから当然だ。

クラウスの腕の中で、アリーセは必死に声をかける。周囲が騒然とする。

「おい、誰だ！　石板を落とした奴は！」

「降りて来い！　とんでもないことをしやがって――」

罵声が重なり合う中、さらに悲鳴があがる。足場の上から男が落下してきたのだ。ほんの少し離れた地面に叩きつけられて動かない男に、わめき声と怒号が交錯する。

（いったい何が……）

心臓がどくどくと不快な音を立てて動いていた。とんでもない事態が起こっているが、なぜこうなっているのかがわからない。

しかし今、もっとも重要なことは、気絶したままのクラウスだ。

「クラウス様、しっかりしてください！」

アリーセは自分の上に覆いかぶさったままのクラウスに呼びかけた。しかし、彼は意識を取り戻さない。

（どうしよう）

大怪我をしているのかもしれない。服を脱がせて確認するべきだろうか。

（でも、意識が戻らない……鋏《はさみ》で服を切り裂かなければ）

アリーセは顔をあげて周囲を見渡す。

「誰か、鋏を持っていない？　クラウス様のお怪我の様子を確認しなければ」

「お、俺が持っています」

作業をしていた男が鋏を差し出す。受け取ってクラウスの服に鋏を入れようとすると、

手を押さえられた。見上げると、シュベリーン伯爵がいて、首を横に振る。

「医者に診せましょう。ブラウフォンの街なかには宮殿がある。ひとまずはそこに運ぶべきです」

「でも……」

「傷を負ったにせよ、ここでは思うような治療ができませんよ。宮殿に運ぶのが先です」

シュベリーン伯爵の助言はまっとうに思えた。

「そうね、そうしましょう」

アリーセが決断すると、シュベリーン伯爵は常とは異なる覇気《はき》のこもった声を出した。

「馬車をまわせ！」

シュベリーン伯爵の命を受けて、馬車がガラガラと音を立てて走り寄る。

複数の作業員たちがクラウスを抱えて馬車に乗せた。馬に乗った護衛の兵を並走させて、馬車は速やかに去っていく。

砂埃が立ち込める中、呆然としていたアリーセにシュベリーン伯爵が手を伸ばしてきた。

「伯爵……」

「あなたが付き添うんですよ、アリーセ様。クラウス様の未来の妻なのですから」

「……もちろんですわ」

アリーセはみっともなく尻もちをついていたことに気づくと、足が出ないようにスカートで隠しつつ、彼の手を借りて貴婦人らしさを保って立ち上がった。

「さすがはアリーセ様。姫君らしい隙のない振る舞いです」

「そんなくだらない冷やかしは要りません」

「くだらないとは傷つきますな。ともあれ、参りましょう」

シュベリーン伯爵が使った馬車がまわされる。アリーセは踏み台を使うのももどかしく、大あわてで馬車に乗り込んだ。


宮殿は旧市街地にあった。年代を感じさせられる住居や役所の間に、大理石に似た白い化粧石が嵌め込まれた宮殿は、城とは異なり左右両翼の建物の随所に蔦《つた》や薔薇の浮彫がほどこされた繊細な建物で、無骨な城とは雰囲気が異なり、非常に美しかった。

クラウスが寝室に運び込まれた直後、中年の医者も到着して診察がはじまる。

ベッドに寝かされたクラウスの服を鋏で切り裂くと、医者は念入りに患部を診た。

背中の石板が当たった部分は、ひどく鬱血《うっけつ》している。

「……打撲で済んだようですね。脊髄《せきずい》が損傷しているということもないようですが」

背筋がしっかりついているたくましいクラウスの背中に慎重に触れながら、医者は言う。

「では、後遺症などはないのですね？」

ベッドの傍らで医者の診察の様子を見ていたアリーセは、心配のあまり質問する。

「それはまだわかりません。経過観察が必要でしょう」

医者はそう言うと、打撲に効くという薬を鬱血した部分に塗り、布を置いてから包帯を巻いている。

「もしかしたら、後遺症が出る可能性があるということですか？」

アリーセがたずねると、医者はためらいがちにうなずいた。

「その可能性は否定できません」

「そんな……」

うつ伏せで横たわっているクラウスは意識を取り戻していたので、医者を斜めに見上げた。

「可能性はどれくらいだ」

「それはまだよくわかりません……」

「そうか」

クラウスが重い息を吐く。アリーセはあらわになった彼の素肌に宮殿に用意されていたシャツをかけた。

「ともかく、しばらくは安静第一です。ご無理をなさらぬよう」

クラウスに言い含めると、医者は部屋を出て行く。

足音が消えてしまったところで、アリーセはクラウスの顔を覗き込んだ。

「気持ち悪くはないですか？」

「痛みがある以外は大丈夫ですよ」

「それが一番おつらいでしょうに」

アリーセは眉を寄せて彼を見下ろす。クラウスは目だけをアリーセに向けた。表情は穏やかで、無意識のうちに肩に入っていた力が抜ける。

（わたしのためにお怪我をして……）

感謝の気持ちが泉のように湧き出してくる。

「助けてくださって、ありがとうございます」

「アリーセ様がご無事であれば、それが一番です」

クラウスの満足そうな笑みが、かえって心苦しくなってしまう。

「わたしのことなど放っておいていただいてよかったのに」

「そんなことはできませんよ。あなたは帝国の大切な姫なのに」

アリーセの胸の内がずきんと痛んだ。

（ただの政略結婚の相手なのに、身を挺して守ってくださるなんて……）

うれしいというよりも申し訳なさが募る。

「あなたには髪の毛一筋でさえも傷をつけたくないのです」

「クラウス様……」

「アリーセ様は我が国の宝なのですから」

熱のこもった視線を投げられて、アリーセは唇を噛んだ。クラウスは自身が傷を負っているというのに、無事なアリーセを気遣ってくれる。胸の奥に熱い感情が広がっていく。

「……少しお休みになったほうがよろしいですわ」

アリーセはクラウスの身体に毛布をかけた。

「まだ夜になっていません。寝られませんよ」

「寝たほうが楽になれると思いますわ」

少なくとも、痛みは忘れられるだろう。

「……せっかくアリーセ様とふたりきりだというのに」

クラウスが悩ましげに息を吐くから、耳に血液が急速に集まっていく感覚に襲われる羽目になった。

「と、とにかく寝てください。ゆっくりお休みしなければ、お怪我だって治りませんわよ」

アリーセは毛布越しに無傷の肩を撫でてやる。

「いいですね、アリーセ様に撫でてもらえるのは」

「そうですか？」

「俺にとっては、この上ない喜びです。アリーセ様に触れられると、幸福感を味わえるのですよ」

クラウスの言い分はずいぶん大げさに思えたが、アリーセは否定するよりも彼の肩をそっと撫でるほうを選んだ。

「アリーセ様？」

「どうか休んでください。痛みを忘れられるように」

アリーセがそうつぶやきながら肩を撫でると、クラウスはうれしそうに目を閉じた。ほどなくして、呼吸が穏やかなものに変わる。

（お疲れだったのかもしれないわ……）

寝息に変わったことを確認して、肩を撫でるのをやめる。少し身じろぎしたクラウスにどきりとしたものの、起きる気配はなく、ほっとして毛布を整えていると、扉をノックする音が聞こえた。

「どなた？」

答えた声はシュベリーン伯爵のものだった。入室の許可を与えると、彼はそろりと部屋に入って来た。

「これはまた、暗殺するのに絶好の機会ですな」

「シュベリーン伯爵、愚かな発言は慎んでください」

アリーセがすごむと、彼は肩をすくめた。モノクルの奥の空色の瞳は秋の空のように涼しげだ。

「おや、アリーセ様はそう思われない？」

「あなたに言われて、今、気づきました」

「さすがは善良なアリーセ様。悪心を持たない姫君には、邪悪な企みなど考えつきもしないようですねぇ」

感心しているのか馬鹿にしているのかわからない口ぶりに、むっとして唇を尖らせる。

「何をしに来られたのですか？」

「ああ、あのとき落下してきた男のご報告です。死んでしまいましたよ、残念なことに」

茶化した物言いに、アリーセは怒りをかきたてられる。

「人がひとり亡くなったのに、そんな言い方はないでしょう!?」

「事情を訊きたかったのですが、残念です。なにゆえ、あのような事態に至ったのか、理由を知りたかったのですが」

飄々《ひょうひょう》とした返答に、アリーセは目を見開いた。

「不幸な事故ではないということですか？」

「もしかしたら、クラウス様を狙ったのかもしれません」

モノクルの奥の瞳が不穏に揺れる。アリーセは語気に力を入れた。

「それは本当ですか？」

「本当ですと言いたいところですが、いかんせん証拠もなければ、落下した男の身元にも怪しいところはありませんでね」

「怪しいところがない……」

「出身はブラウフォンで、所帯持ちの男。今年ふたりめの子が生まれたばかりだとか」

「お気の毒に……」

アリーセは胸で十字を切った。家族と幸せな生活を送れただろうに、妻子を突然襲った不幸に、同情を抱いてしまう。

ひとしきり祈りを捧げたところで、気を取り直して伯爵に話しかけた。

「……亡くなった方に、クラウス様を襲う理由などないということなのね」

「そうです。ふつうに働いていれば給金を得られるわけですから。危ない橋を渡る意味がありません」

モノクルを押さえて、憂鬱そうに息を吐く。

「まあ、もう少し背景を調べたほうがよさそうですがね。あの教会の作業員たちは元兵士だという話も聞きますから」

「そうなの？」

「元兵士たちに仕事を与えねばなりませんからね」

「その者たちはなぜ兵士をやめたのですか？」

アリーセの質問に、伯爵はクラウスの様子を窺う。寝息は安定していて、起きる気配はない。

「ヨーゼフ王のときは、国家の財政規模以上に国軍に兵士を抱えておりましてね。クラウス様は兵士を順次解雇して、他の仕事をあてがっているのですよ」

「……そうだったの」

胸の内に苦い思いが広がっていく。またしても示されたヨーゼフの王としての資質のなさが、アリーセを打ちのめす。

「辞めさせただけでは終わりませんからね。元兵士が野盗の類になっても困る。クラウス様の計らいは当然のことではあるのですが」

　シュベリーン伯爵は眉を寄せて息を吐き出した。

「世の中を変化させるときは、反発が付き物です。兵士をやめたくなかった者の中には、クラウス様を憎んでいる輩がいるかもしれませんね」

「……そう」

　アリーセは額に手を当てて考え込む。

　クラウスを恨んでいる人間が作業員にまぎれていたという可能性も否定できない。

「ところで、本日の行動について、誰かに話しましたか？」

　訊かれて、アリーセはきょとんと目を開いた。

「どういう意味ですか？」

「実は極秘だったのですよ。おふたりの訪問が教会側に知らされたのも、今日だったとか」

「そんな……」

　アリーセは懸命に思い出すが、今日までの行動を振り返っても、城の者たちとしか接触していない。

「城にいる者たちにしか話していませんわ」

「まあ、そうでしょうね。アリーセ様の行動範囲を考えたら、他者と接触することはない」

シュベリーン伯爵は腕を組んでうなずく。

「では、城の者たちの中に、わたしとクラウス様の外出を知って、今回の件を企んだ者がいるということなのですか？」

「その可能性もあるでしょう」

「わたしが話した者たちの中に、悪人がいると思いたくありません……」

アリーセは胸の前で十字を切り、神への赦しを乞う。

「どのみち、クラウス様とアリーセ様の情報が他者にまったく漏れないということは考えにくいことです。お気になさらず」

「でも……」

「逆に相手によって流す情報を変えることで、味方と敵を峻別《しゅんべつ》する方法もございますが、アリーセ様にはできますか？」

シュベリーン伯爵がはなから答えを知った顔で質問する。

「それは……どうやればいいのか……」

歯切れの悪い返答に、シュベリーン伯爵はしたり顔でうなずいた。

「そうでしょうね。ですから、アリーセ様は、どうぞいつもと同じようにお過ごしくださ い」

「いつもと同じでよいのですか？」

「どのみち、何もできますまい」

あてにしていないという口調に、アリーセは唇を噛んだ。

「わたしだってお役に立ちたいのです、クラウス様のためにも」

「でしたら、何をなさるのです？」

アリーセは必死に思考を廻らす。今回は事件とも事故ともつかぬできごとだ。

(原因を探るのは難しいと思う)

アリーセがもっとも気がかりなのは、残された遺族の様子だ。

「……事故死された方のご家族を見舞いたいわ」

アリーセが一度十字を切って告げると、伯爵は軽く目を見開いた。

「……アリーセ様が直々に？」

「赤ちゃんが生まれたばかりで夫を亡くすなんて、奥様はどれほど不安でしょう。わたしが行って、少しでも励ましたいのです」

アリーセは自嘲気味に笑みを浮かべると、うつむいた。

「わたしの言葉など、なんの意味もないかもしれませんけれど」

「ご立派だと思いますよ。それこそ、アリーセ様にしかできません」

シュベリーン伯爵は深くうなずいて同意してくれる。

「わたくしが手配いたしましょう」

「お願いできますか？」

「もちろん。帝国の皇女がどれほど思いやりにあふれた存在か、世に知らしめる好機です」

シュベリーン伯爵が一礼して部屋を出ようとする。アリーセは彼を追いかけた。

「待ってください。わたしは、その……オストフェンに歓迎されていないのですか？」

アリーセが彼の腕に触れて引き留めると、伯爵は振り返って意味深な笑みを浮かべる。

「どう思われますか、アリーセ様は」

アリーセは息をひとつ呑んだ。

帝国はもはや衰えていく国、旭日昇天の勢いを持つオストフェンにかないそうもない。けれども、オストフェンの民は帝国をそう見ていないのかもしれない。広大な版図を持つ帝国は昔と変わらず強大な国――そう考えているのかもしれないのだ。

「……わたしは警戒されているのでしょうか」

「おわかりになるならば、ご自分がどうするべきかもご存じのはず」

「ええ、わかっております。ですから、見舞いに行きますわ、帝国の皇女の慈悲深さを示すために」

嫌みったらしく応じると、シュベリーン伯爵は正解を聞いた家庭教師のような満足げな笑みでうなずく。

「ありがたいことです、理解が早くて」

「では、きちんと手配をしてくださいね」

精一杯の嫌みをぶつけると、伯爵は手を胸に当て、恭《うやうや》しく礼をした。

五日後、アリーセは伯爵に案内されて事故死した者の遺族が住む長屋を訪れた。

最低限の家具しかない質素な部屋で、夫人は涙をこらえつつアリーセたちの対応をしてくれた。

「すぐに元気を出すのは難しいと思います。まずはゆっくりお休みになって、体調を整えてくださいね」

アリーセは椅子に座った彼女の向かいに腰かけ、彼女の左手を自分の手でくるんだ。

夫人は右手に握ったハンカチに顔を埋めて何度もうなずく。

「何かあったら、お手伝いしますわ。お子さまをお預かりすることもできますからね」

「……王妃様にそんなことを頼めませんわ」

パメラがあやしている赤子をちらりと見てから、アリーセは彼女の手を慰めるようにさする。

「ご遠慮なさらずに。できる限り、お助けしたいのですから」

あまり長居しても負担になるため、訪問を切り上げると、宮殿へ帰ることにした。

「子どもふたりを抱えて生きていくのは、どれほど大変かしら」

シュベリーン伯爵とパメラと馬車に乗って宮殿へと帰る途中、アリーセは重い息を吐いた。

「しばらくは、アリーセ様が渡した見舞金が役に立つでしょう」

伯爵がそっけなく答える。情のない口調に不満を覚えて、伯爵にすごんだ。

「でも、あのお金だって永遠にはもちませんわ、それほど多く渡したわけではないのだから」

「まあ、そうですが」

「クラウス様にお願いしなくては。赤ん坊と三歳の子どもを抱えて生きていくのは、大変よ」

アリーセは頬を両手で押さえて、決意のまなざしを伯爵に向けた。

「わたしがしてもよい提案よね、伯爵」

「まあ、クラウス様と結婚するわけですからね。多少の意見は申し上げてもかまわないのでは？」

伯爵の返答に、アリーセはハッとした。

クラウスと結婚するのだから、アリーセがオストフェンに必要なことを意見するのはかまわない。だが、そこに思いが至ると、クラウスと結婚するという事実の重みを改めて実感させられる。

「アリーセ様ったら、あの家族には先ほど服やら生地やら与えたのに、まだ援助するおつもりですか？」

「あの家族だけではないわよ。他にも困窮しておられる方がいるでしょう。助けは必要よ」

アリーセがパメラの意見に反論すると、パメラと伯爵は互いに顔を見合わせた。

「アリーセ様はいつもこうなのですか？」

「こうですよ、伯爵。教会の炊き出しに参加しておられたし、ご自身が皇帝からいただいた化粧料は寄付にまわしてきたんですから」

「なるほど、まさに帝国皇女らしからぬ行動ですな」

シュベリーン伯爵が顎に手を当ててうなずくと、パメラが扇の陰で心から同意するというふうに深くうなずく。

「アリーセ様の結婚相手がクラウス様でよかったですよ。これがヨーゼフ様でしたら、まったく気が合わなかったでしょうから」

「パメラ殿に同意見ですね。ヨーゼフ様の噂を聞くに、アリーセ様とは正反対の心性をお持ちだ。クラウス様のほうがまだましですよ」

シュベリーン伯爵の放言に、アリーセは眦を吊り上げた。

「ヨーゼフ様は関係ないでしょう!?」

「大ありでしょう。アリーセ様の行く末を考えるに、クラウス様とのほうが相性抜群なのは喜ばしい」

「本当にそうですよ、アリーセ様」

「ふたりとも、わたしを説得する必要なんてないわ。結婚はもう承知しているのだから」

アリーセがふたりを見比べて断言する。

「でしたら、今日もお世話をしてさしあげてくださいね」

パメラがにっこりと笑えば、シュベリーン伯爵がうなずいた。

「そうですね。クラウス様はアリーセ様に世話を焼かれるのが大好きだそうですから」

「どういう意味なの……」

アリーセは動揺して目を見開いた。

ふたりともにやにやと意地の悪い笑みを浮かべている。

「付き添って仲を深めるとよいですわ、アリーセ様。日々の積み重ねが大切ですから」

「確かに。アリーセ様が無垢で善良という美点を発揮し、クラウス様が心惹かれるという関係の構築方法は健全ですから、せいぜいがんばっていただきたいものです」

「あなた方……」

アリーセはまたもや忍耐を発揮してふたりをにらんだ。

「まあ、我々としてはおふたりの仲が睦まじくなるよう祈るしかありません。そうでしょう、パメラ殿」

「それに関しては、シュベリーン伯爵と同意見ですわ」

仲よくうなずき合っているふたりに、アリーセは思わず眉をひそめずにはいられなかった。

宮殿に戻ると、クラウスが庭でステッキをついて歩いていた。シャツとトラウザーズという軽装の彼は、背を軽く曲げた姿が痛々しい。アリーセは馬車から降りると、あわてて彼に近づく。

「クラウス様、何をなさっているのです!?」

「歩く練習を」

「まだお休みになっていたほうがよいのではありませんか?」

「足が鈍《なま》ってしまいますよ」

クラウスは笑みを見せるが、額は汗ばんでいる。痛みをこらえているのではないか、と心配になる。

「ご無理は禁物です。少し休んでください」

諭してから、そっと腕を支えてすぐそばのベンチに導いた。

クラウスはベンチに腰かけると、顔を歪ませる。

「ほら、痛むのでしょう? 無理をなさってはいけません」

アリーセは並んで座ると、ポケットから取り出したハンカチで彼の額の汗を拭った。

クラウスは瞼を閉じてされるがままになりながら、気持ちよさそうに淡く微笑む。

「……無理はしていませんよ。ただ、ずっと寝ているのも退屈なので」

「そうはいっても、まだ背中が痛むのでしょう?」

少し離れた位置で、パメラとシュベリーン伯爵がこちらを見守っている。アリーセとクラウスの仲が深まるか確認しているのだろうか。

（わたしはクラウス様が心配なだけ……）

仲を深めたいと願って接しているわけではない。

それなのに、アリーセの内心を知らぬクラウスは穏やかに答える。

「多少の痛みでも、筋肉を動かさなければ、鈍りますから。そういえば、アリーセ様は事故死した者の遺族を見舞いに行かれたそうですね」

「はい。勝手に手配してしまって、ごめんなさい」

アリーセが詫びると、クラウスは表情を明るくした。

「怒ってなどいませんよ。とても感謝しています」

クラウスはアリーセにやわらかな笑みを向ける。つい胸が弾んでしまうような美しい笑みだ。

「当たり前のことをしただけですわ」

「アリーセ様が我が国の民の苦境を思いやってくださっていることが本当にありがたいです」

アリーセは手に持っていたハンカチを強く握った。

「突然の不幸は、心を痛めつけます。まして、お子さまがいる母親という立場ならば、将来の心配までしなければならない……どれほど苦しいかと思うと……」

アリーセは唇を噛んでうつむいた。

クラウスがゆっくりとアリーセの頭を撫ではじめる。

「クラウス様？」

「あなたのように、弱き者に思いをはせる方を王妃として迎えられることは、大きな喜びです」

大きくあたたかな手がやさしく髪を梳いてくれて、全身の力が抜けていくようだ。

「わたしは王妃として役に立てるでしょうか？」

「役に立つどころか、あなたのおかげで帝国との仲が改善されます」

「それならば、わたしにとっても喜ばしいことですわ」

アリーセは膝の上で両手を重ねると、クラウスを向き、思い切って口を開いた。

「今日、遺族を訪問して考えました。弱い立場にいる人をそのままにしてはいけないって」

「正しい認識です」

クラウスに励まされた気になりながら、勇気を奮って言葉を続ける。

「帝国の教会で炊き出しに参加しているときも考えていました。その時々に慈善をほどこすことは大切ですが、国が正規の援助をしてくれたら、民の生活はもっと楽になるのにと」

教会の慈善活動を否定するわけではない。だが、制度を作ったほうが、もっと平等に幅広い人々を助けられるのではと考えていたのだ。アリーセの発言は相手にされなかったから、誰にも言えなかったが。

「アリーセ様のお考えは俺と同じです」

クラウスはゆっくりとうなずいた。

「教会で援助活動をするのはよいことだが、教会に来られない者は助けてもらうすべがない。それではいけないから、何かしら制度が必要だと俺も考えていました」

「まあ……！」

アリーセは彼の腕を摑む。

「そうなんです！　わたしもそれを言いたくて……！」

「アリーセ様のお言葉に俺も勇気づけられました。やはりなにがしかの制度を立てる必要がありますね」

クラウスは晴れやかな笑顔を見せた。

「アリーセ様が王妃になってくださるのが楽しみだ。これからも意見があったら聞かせてください」

クラウスの要請を聞き、アリーセは感激で胸がいっぱいになる。涙までこぼれそうになり、盛んにまばたきをする羽目になった。

「どうなされたのですか？」

心配そうにするクラウスを安心させようと、大げさに首を振った。

「わたしの意見が役に立って、本当にうれしいのです」

「役に立つどころか、アリーセ様のお言葉のおかげで、俺の決心が固まりましたよ」

「それはよかったですわ」

照れくささを隠すために、クラウスの額に浮いた汗にハンカチを押しつける。彼は一瞬目を閉じてから、アリーセの手をとらえると両手でくるんで己の膝の上に置いた。

「クラウス様？」

彼はアリーセの手を握ったままで熱い視線を注いでくる。

「どうしました？」

「俺が国王になったのは、アリーセ様を妻にしたかったからです」

「え？」

「ただそれだけが、王を目指した理由です」

アリーセは当惑して視線を斜めに落とした。王になりたかったのが自分を妻にしたかったからだという理由が、どうにも釈然としなかったのだ。

（どういうことかしら……。ヨーゼフ様が民の支持を失ったから、クラウス様は王になったと言っていたのに……）

クラウスはアリーセを熱く見つめて続ける。

「今夜、部屋に来ていただけますか？」

アリーセの頬がみるみるうちに熱くなってしまう。おそらく、首筋も耳の先も赤くなっているだろう。

「それは……」

「無理ですか？」

包まれた手が熱い。アリーセは、動揺を抑えて彼を見つめた。

「身だしなみの手伝いをしていただきたいだけですよ」

にっこり微笑んで答えられ、アリーセは胸を撫でおろす。

クラウスが怪我をしていることは秘密だから、ここには警護の兵以外の人員がほとんどいないのだ。

「それでしたら、参りますわ」

手伝いを頼みたい程度ならば、意味深に見つめなければいいのに、とアリーセは思う。

クラウスはアリーセの手をなかなか放してくれなかった。


その夜、アリーセは手桶に湯を入れて、クラウスの部屋に運んだ。

クラウスの部屋は二階にある。階段を上っていると、後ろからついてくるパメラが息を荒くしながら愚痴をこぼした。

「はあ、はあ、女官に頼めばよろしいんですよ、こんなこと」

パメラは水を入れた桶を持っている。とはいっても、水は桶の半分ほどしか入っておらず、大して重くないはずだ。

「パメラ。その桶、重いの？」

「あたしは扇よりも重いものを持ったことはありません！」

「パメラったら、わたしよりも力がないんじゃないかしら」

アリーセが首を傾げると、パメラがわめいた。

「あたしは貴族の娘としてふつうです！　アリーセ様が慣れておられるのが、おかしいんですよっ」

パメラにそう言われ、アリーセはわざとらしく息をつく。

「だって、わたしは花の世話をするのに、水をまいたりするでしょう？　お水を運ぶくらいしたことがあるわよ」

「本当に皇女らしくないんですからっ」

そう言われたところで、アリーセは痛くも痒くもなかった。

（少なくとも、クラウス様はわたしを認めてくれる……）

アリーセのありようを肯定してくれる。そのおかげで、自分の行動に自信が持てる。

二階の突き当たりがクラウスの部屋である。アリーセはざくろの模様が彫られた樫の扉の前に立った。隣に立ったパメラが扉を叩くと、中から兵が扉を開けてくれる。

「ご苦労さまです」

そう言われたパメラはげんなりとした顔で応じた。

「本当にご苦労ですすよ」

桶を手にしたパメラのあとに続いて入室する。クラウスは天蓋付きのベッドで身を起こしていた。垂れ布は柱に結びつけられていて、ベッドの上で穏やかに微笑むクラウスの麗しい姿が絵のように浮かび上がっている。

明かりによる陰影がくっきりとついた部屋で、アリーセはどきどきしつつたずねた。

「クラウス様、大丈夫ですか？」

「少し痛むくらいで大丈夫ですよ」

「それは大丈夫とは言いませんわ」

アリーセは入室すると、テーブルに置いていたたらいに湯を注いだ。途中、少しずつ水を加えて、適温にしていく。

「アリーセ様にお手伝いを頼んでしまい、申し訳ありません」

「かまいませんわ。それに、わたしのために怪我をしたわけですし……」

桶のふちにかけていた布巾を手にすると、湯の中に沈める。少し熱いくらいだが、クラウスの身体を拭うときにはちょうどよい温度になるだろう。

アリーセがクラウスに近づくと、彼はシャツのボタンをはずしているところだった。上からひとつひとつはずされていく様子に、身構えてしまう。

「あたしは失礼します」

パメラが返事を待たずに部屋を出て行く。なぜか護衛の兵も一緒に引き連れて行く。

「パメラ？」

部屋を出るパメラを振り返って見ていると、クラウスが控えめに呼びかけた。

「アリーセ様、脱いだのですが」

「ご、ごめんなさい……」

クラウスはシャツを脱ぎ、上半身をあらわにしている。胸から背にかけて包帯が巻かれているが、彫像のように理想的な裸体の一種の装飾になっている。

（すごい……）

太い首、たくましく張った肩、盛り上がった胸筋、割れた腹部など、星十字にかけられた救世主の像に似た引き締まった身体だ。

男らしい肉体からは雄の色香がにじんでいた。アリーセは内心で大いにうろたえたが、無理をして冷静さを保つと、クラウスの包帯をほどいた。背中にはまだ鬱血の跡があるが、張りつめた背筋は力強い。

（きっとあと少しで完治するわ……）

早く治ってほしいという希望を込めて、布巾を首筋にそっと押し当てる。

「どうですか？」

「気持ちいいです」

「よかったですわ」

首筋から胸に布巾を動かすと、クラウスが満足そうな笑みをたたえた。布巾が冷たくなったところで、アリーセは再度湯に布巾をつけた。熱湯を少し足して、湯温を調節する。軽く絞ってから、またクラウスのもとに戻った。

「こんどは他のところを拭きますね」

あたたかい布巾で彼の肩から胸へと拭っていく。クラウスの喉がごくりと鳴った。

「アリーセ様の手の動きは心地いいですね」

「そうですか？」

「ええ、とても……五感を刺激します」

「それは、よかったですわ」

本当によいことなのかわからないが、アリーセはそう答えた。

「背中も拭いていただけますか？」

「もちろんですわ」

アリーセはクラウスの背中に布巾を当てながら拭いていく。筋肉がもりあがった彼の背中は力に満ちているものの、鬱血した部分を見るとやはり痛々しくて眉をひそめてしまう。

「痛そうですわ……」

「そうですね、まだ少し痛みはしますが」

クラウスは微笑みながら、アリーセを熱く見つめる。

「しかし、アリーセ様をかばって負った名誉の負傷です。むしろ誇らしいくらいですよ」

「名誉の負傷だなんて、申し訳ないですわ」

アリーセは気落ちしていく。国王であるクラウスに怪我をさせたのだ。彼に代わりはいないというのに。

（むしろ、わたしが怪我をするべきなのよ……）

皇女として学んだのは、皇族は至高の存在である皇帝に奉仕するべき存在だということだ。ときには、皇帝のために犠牲となることこそ皇族の義務だと教わった。

「アリーセ様、頼みがあるのです」

物思いを破ったのは、クラウスのかすれたささやきだった。

「はい？」

「アリーセ様に清めていただきたいところがあります」

「どこです——っ」

アリーセが訊き返す間に、クラウスは寝衣の脚衣を下ろしていた。あらわになった下肢の状況に、アリーセは硬直する。

クラウスの男根は雄々しく反り返っていた。栗の形をした先端は艶々と輝き、太い肉茎は血管が浮いて古木のような堂々たる姿をしている。

「ああ、よかった。ちゃんと勃起していました」

クラウスの安堵を聞いて、アリーセはようやく目をそらした。だが、彼の発言は気になったから、よそを向いたまま質問を投げかける。

「ど、どういう意味ですか？」

「いえ、背中を怪我したでしょう？　もしも後遺症が出た場合、勃起できなくなるおそれがあったものですから」

「……そういうことですか」

アリーセは彼の下半身に視線をやらないように気をつけながら、クラウスの顔を見つめた。クラウスの背中の怪我は、打ち所が悪ければ、歩けなくなるほどのものだったのだ。

「よかったですわ、その……お元気になられて」

「ええ、これで安心できます」

クラウスは下心などとは無縁そうな穏やかな微笑みを浮かべた。

「拭いてくださいますか、アリーセ様」

「え!?」

アリーセはたじろいで、彼の美しい顔と生々しい雄の証を見比べた。正直、彼の雄茎は触れるのをためらうほど妖しげな形をしているのだ。

「汚らわしすぎて、触れられないでしょうか」

「そういうわけでは、ないのですけれど……」

汚らわしいというよりは、得体が知れなくて恐ろしいというのが正直な感想だ。

「確かに、アリーセ様の手が触れるにはおぞましいモノかもしれません」

しょんぼりとうつむく様子に、同情心が生まれてしまう。

(助けていただいたのだもの、拭いてさしあげるべきではないかしら……)

彼が助けてくれなかったら、今ごろ大怪我をして苦しんでいたのは、アリーセのほうだったのかもしれないのだ。

(思うようにお身体が動かせないのかもしれないし……)

ならば、アリーセが手伝わねばならない。

「わかりましたわ」

アリーセは布巾を湯につけて温めてから絞ると、クラウスのそばに戻った。それから、おそるおそる男根を包んで上下に動かす。

「ああ、いいですね。とても気持ちいいです」

「よ、よかったですわ」

アリーセは布巾でクラウスの雄芯を上下にしごく。どうせなら、きれいにしてあげたかった。

「……すばらしいです、アリーセ様」

「そうですか？」

「ええ。アリーセ様が清めてくださるおかげで、はちきれてしまいそうですよ」

「何がはちきれてしまいそうなのでしょう」

アリーセの疑問に、クラウスが瞳をきらめかせた。

「知りたいですか？」

腰を摑まれたと思いきや、次の瞬間にはベッドに横倒しにされていた。勢いあまって布巾を放り投げてしまう。

「ク、クラウス様？」

「俺の欲望がはちきれてしまいそうなんですよ、アリーセ様。あなたを抱きたくてたまらないのです」

「そ、そんな！　お怪我をされているのに!?」

怪我をしているのに、アリーセによこしまな欲望を抱けるものなのか。

「背中以外は元気なのですよ」

「だったら、そうお伝えくださいませ！」

クラウスの本心を聞き、アリーセは顔を真っ赤にした。

「アリーセ様に世話をされるという状況がうれしすぎて、つい」

「ついってなんですか!?」

「つい、興奮しております。お許しを」

悪びれることなく言い訳を放つと、彼はアリーセの両手首を摑んでシーツに押しつける。

手の甲にすべらかなシーツの感触が伝わって、アリーセの背筋に悪寒が走った。

「……やめてください」

「やめません」

クラウスが首筋にそっと唇を押しつけた。ちゅうっと強く吸われて、背がびくんと跳ねてしまう。

「ん……んん……」

「いい香りがしますね、アリーセ様。薔薇の香りですか？」

「クラウス様、やめてください……！」

手を自由にしたくとも、クラウスの力は万力のようで、シーツに強く押しつけられた手首は自由にならない。足をばたつかせようにも、太股に膝を置かれてはどうにもならなかった。

「あなたはオストフェンの王妃に……俺の妻になってくださるのではありませんか？」

「そうですけど、だからといって、こんなのは……」

クラウスは右手首を自由にしてくれたが、空いた手でアリーセの胸元を締めるボタンをさっさとはずしていく。シュミーズの紐を肩からおろされて、桃のような乳房があらわになった。

「やっ……」

根元からやんわりと揉まれると、くすぐったくて心地よい。胴をふるりと震わせてしまう。

「アリーセ様は感度がよいですね、少し触れただけで涙ぐむほどよがるのですから」

「ち、違います……あなたの手が……その……くすぐったいからでっ……」

クラウスは両手で胸を揉みしだきだす。硬くなった乳首を押し回されて、快感が背に抜ける。

「ん……んんっ……」

クラウスが美貌を近づけて、アリーセの唇を覆う。とっさにふさいだ唇の間に舌をねじ込まれるのと同時に乳房を揺すられて、一瞬身体から力が抜けた。

「う……ん……んん……」

口内に侵入した彼の舌は、アリーセの小さな舌をたちまちとらえた。舌の表面を舐められ、裏をくすぐられて、首筋から足のつま先まで痺れるような快感が走った。

(嫌、こんなのは……！)

まだ神の前で結婚を誓ってもいない。それなのに、身体を先に許してしまうなんて、とんでもないことだ。

けれども、ルビーのように赤く硬くなった乳首をねじられながら舌と舌をからめる濃密なくちづけを交わしていると、腹部の奥が甘くうずく。

「ん……ん……やぁっ……」

息ができなくなるほどの深いくちづけに、アリーセはのしかかる彼の胸を押しのけようとする。喉の奥まで舌を差し込まれ、荒々しく上下に動かされると、彼が欲情しているのだと初心《うぶ》なアリーセにもわかった。

唾液が混じるほど激しいくちづけをされているうちに、身体から抵抗する力が失われていく。強ばった四肢から力が抜けたところで、クラウスはやっとくちづけをやめてくれた。

「身体に触れられるのは嫌ですか？」

クラウスが胸を揉みながら質問してくる。双乳は揉まれるほどに弾力を増し、頂は蕾のように丸まってしまう。肉体の変化は如実で、否定の言葉などなんの意味も持たなくなるほどだ。

アリーセが半泣きでクラウスを睨むと、彼はつまんだ乳首をくにくにと動かす。

「あっ、あっ……」

「きゅっと丸まって、なんとも愛らしいですね。食べてしまいたくなります」

挑発めいたことを言って、クラウスが薄い唇を左の乳首に寄せる。あたたかな口内に吸い込まれて、新たな刺激が生まれた。

「ああっ……！」

乳輪から吸い上げられると、稲妻にも似た激烈な快感が子壺にまで響く。いつもは忘れている子を宿す器官の存在を鮮やかに感じさせられてしまう。

「ん……んんぅっ……んぅ……」

じゅっじゅっと音を鳴らして吸われると、背がびくびくと跳ねるほどの刺激を受ける。抑制できない快感を覚えているアリーセに、クラウスはさらなる手淫をしかけてきた。

ゆるゆるとめくられたスカートの下にクラウスの手がもぐる。ドロワーズ越しに触れられたのは下肢の狭間だ。布を押しつけるようにこすられて、たまらず腰を揺らす。

「だ、だめ……」

布の上から陰唇の形そのままになぞられ、中央の溝に食い込ませつつこすられる。感じやすい陰玉のあたりに円を描かれ、なんとももどかしい感覚に苛まれた。

「濡れていますよ」

クラウスが布越しに指を往復させながら言う。

「えっ……」

この間と同じくまたしても濡れているのか。心はともかく身体がクラウスを求めている証のように思えて恥ずかしい。

「ここに俺を欲しくなりませんか？」

クラウスが指先を押しつけたのは、蜜をにじませる淫らな孔《あな》だ。

アリーセはこくりと喉を鳴らした。

（わたし、何を欲しがっているの？）

胎の奥がじんじんと熱を帯びるのは、クラウスを渇望しているからなのか。

（そんなはずない……）

帝国では、男女の仲に関する背徳的な噂を聞くたびに眉をひそめていたのだ。それなのに、自分自身が身体に触れられて悦ぶなんてありえない。

「……欲しくありません」

クラウスはアリーセの否定を聞いても、まったく動じなかった。

「嘘ですね。ここに触れられるのは、気持ちがいいはずです」

クラウスが湿ったドロワーズを押しつけて狭間をこすりたてる。

湿った布との間に生じる摩擦のせいで、もどかしい快感にさらされた。

「あ……だめっ……あぁっ……」

布越しに陰芽に触れられても快感を覚えてしまう。情交の愉悦を知りだした肉体は、浅ましいほどに反応し始めた。

「……ますます濡れて……舐めてしまいたいな」

クラウスはうっとりとした表情でアリーセの股間を見つめている。

この間、舌で愛撫された記憶が甦り、アリーセの全身が羞恥で震えた。

「やめて……」

「舐められるのと直接触れられるのと、どちらがよいですか？」

「……どちらも嫌です」

アリーセは身をよじって哀願する。王妃となる以上、いつかは彼と肉体関係を結ばねばならないが、婚礼はまだなのだ。

（それに、わたしは……）

心のほんのわずかな部分でもヨーゼフに想いを残した状態で、クラウスに抱かれたくない。ヨーゼフはもちろんクラウスに対しても失礼な気がするのだ。

「だめですよ、どちらか選んでいただかなくては」

口調は丁寧に、しかし、有無を言わさぬ力で淫技の続きをほどこされる。ドロワーズ越しに少し乱暴にこすられて、それが痛みよりも快美な刺激になっているのだから、己の身体が呪わしい。

「やっ……強くしないでください……」

アリーセが涙目で訴えると、クラウスは唇の両端を持ち上げる。

「では、やさしくさわりましょうか」

ドロワーズが引き下ろされて、足をばたつかせて抵抗するが、あっさりとつま先から引き抜かれてしまう。

「だ、だめっ……」

「気持ちよくしますから、許してください」

クラウスは悪びれない口調で言い放つと、アリーセの陰芽に指先を押しつける。

「ああっ……」

押さえきれない悲鳴が漏れてしまう。秘処を守ろうと無意識に閉じかけた腿を押しのけて、クラウスは陰芽を覆う皮を剝きだす。

「やっ……やあぁっ……」

皮をはがされた陰芽は、たちまち快感を生み出した。何重にも円を描かれて、腰が淫らに揺れる。

「あっ……だめ……そこ……そんなにさわっちゃ……だめっ……」

「ここはつんと尖っていますよ。艶々と輝いて、俺の指をはねつけるほど気持ちいいのに、なぜ嫌なんですか？」

クラウスは穏やかに訊きながら、指は意地悪にうごめかせる。ぷくりと膨れた紅玉を左右に揺すられると、強すぎる快感が生まれて子壺にまで届いた。

「ん……だ、だって……だめ……」

気持ちよすぎて、さっきからお腹の奥がきゅんきゅんと収縮している。身体の内側からとめどなく蜜があふれ出ているのも、危機感を募らせた。

（こんなふうに気持ちよくなっていったら……）

心が身体に引きずられていくような気がして怖かった。快楽を与えてくれるクラウスを追い求めてしまいそうだ。

「説明しなくては、アリーセ様。なぜ嫌なのか」

冷たく微笑んで、けれど口調はやさしくたずねるクラウスは、人差し指で秘玉を転がしながら、中指を陰唇の狭間に沈める。

「ひっ……」

異物が粘膜の隙間に挿入される感触は、冷や汗が出そうなほどの痛みを覚えるものだ。

「痛い……」

「まだ濡れ方が足りませんか？」

クラウスは眉を寄せると、すっかり硬くなった淫珠への愛撫を強めた。

くにくにと左右に動かされ、内股が小刻みに震える。愛液が子壷の奥からどっとあふれて、アリーセの粘膜をしとどに濡らす。

「あっ……うぁあっ……あん……」

「中がどんどん濡れて……アリーセ様の宝石は感度がいい」

「ああん……やめてっ……さわらないでっ……」

クラウスが膣に入れた中指を動かしだした。ちゃぷちゃぷと音を立てて指を出し入れされると、異物感が心地よい刺激になって、腰が断続的に浮き上がる。

「は……はぁん……ああん……」

クラウスの手を止めようと己の手を重ねるが、クラウスの動きは力強くて、アリーセ程度の腕力では止めようもない。それどころか、彼の湿った指に自分が浅ましくも流している淫蜜の存在を思い知らされる。

「ここ、せり出してきましたね」

クラウスが恥丘の裏をこすりたてる。ずんと重みのある快感が、アリーセの意識を飛ばした。

声も出せなくなるほどの強い快感に、腰を淫らに持ち上げてしまう。子壺が甘く収縮して、絶頂へと押し上げる波が生まれた。

びくびくと身体が震える。極みの甘美な余韻に、背中から力が抜けてしまう。

「達したようですね、よかった。中もよくほぐれてきましたよ」

クラウスが中指を引き抜き、アリーセの目の前に差し出した。彼の指はすっかり濡れている。

アリーセの蜜で濡れた指を見せつけると、クラウスは己の口内に入れてしゃぶりだす。

「や……やめてっ……」

汚らわしいと思うと同時に、彼の挑発的な視線に心臓が高鳴ってしまう。

クラウスは雄の色香をにじませたまなざしを、アリーセのだらしなく開いた股間に向けた。

「み、見ないでっ……」

「アリーセ様の下の唇はおいしそうな色をしています。舐めてもいいですか？」

「……嫌です」

アリーセは首を横に振った。

用を足す場所を舐めるなんて、とんでもないことだ。なにより、以前彼に舐められて、気持ちいいと思ってしまったのが嫌悪感のもとになった。

（わたしは……なんて、浅ましくてはしたないのかしら）

「では、挿れてもいいでしょうか。俺はもう準備万端なんですよ」

クラウスがアリーセの手を掴むと、へそまで張りつめた陰茎を握らせる。表面は伸縮性のある皮膚の感触なのに、芯は鋼のように硬くなっていた。

男根を握っているだけなのに、背にぞくぞくと甘い痺れが走る。クラウスの肉の槍は、悪魔の持ち物のように醜悪な形をしているのに、なぜか心惹かれるものを感じてしまう。

「挿れてもいいですか？　アリーセ様の中で果てたい」

クラウスが上半身を倒すと、耳元にささやきを吹き込む。ついでとばかりに、耳殻を舐められ、耳の孔に舌を入れてくすぐられる。

「ひゃあっ」

舌を出し入れされて、くすぐったさに首をすくめる。

「こんなふうにしたいんですよ」

耳に舌を出し入れしながら、クラウスがアリーセの内股に己の男根をすりつけてくる。

警戒心が募るが、同時に下肢の奥が熱くなるような感覚を覚える。

「いいですか？」

そんなふうにたずねられて、アリーセは頬を朱に染める。

（ここで純潔を失うわけには）

まだ結婚しておらず、クラウスに心を捧げてもいないのに。

「……だめ、です」

「なんと情《じょう》のない」

「そんな……」

クラウスはからかうような耳への愛撫をやめると、アリーセを直視する。

「俺が嫌いですか？」

直截な問いに息を呑んだ。

（やめてほしければ、嫌いだと言えばいい）

けれども、アリーセの喉奥からその言葉が出てこない。

（クラウス様はわたしを認めてくださった方……）

おまけにこれほどまでにアリーセを求めてきた男は今までいなかった。

「俺はあなたが……あなただけが欲しいのですよ」

内股に男根をぬるりと押しつけられて、酒に酔ったようにくらくらとしてくる。

「……どうしても嫌なら、俺は王の地位を捨てなければなりません」

「な、なぜ、そんな……」

思いもよらぬ発言だった。アリーセが結合を拒否したくらいで、なぜ王の地位を捨てることになるのか。

「俺はあなたを王妃にしたいのです。つまり、あなたに俺を受け入れてもらい、さらには世継ぎを生んでもらわねばならない。それなのに、あなたが俺を拒絶するならば、王の地位を捨てるしかありません」

断固とした口ぶりに、アリーセは動揺した。

クラウスは立派な人物だ。国王にふさわしい男だと思う。

（それなのに、王位を捨てるなんて……）

しかも、アリーセが彼を受け入れないからだという。

「アリーセ様。あなたを奪わせてください」

硬く屹立《きつりつ》したモノがアリーセの蜜孔にあてがわれる。先端と蜜孔が溶け合う感覚に、アリーセの鼓動が速度を増した。

「あっ……」

「……あなたの中に溺《おぼ》れてしまいたい」

髪を撫でられて、甘い息でねだられる。

「……ずるい方だわ……」

アリーセの胎の奥が脈打っている。彼が欲しいと訴えているかのようだ。

「溺れていいですね？」

顔を覗いて強く言われ、アリーセは息を吸う。

（ここまで望まれたら、もう断れない……）

王妃になる身として彼を受け入れるべきではないのか。

アリーセは小声で答えた。

「……わかりました」

「え？　なんとおっしゃいましたか？」

訊き返すくせに、アリーセの意思をちゃんと理解している表情をする。

「挿《い》れてと言ってください、アリーセ様」

クラウスの要求に、アリーセは恥ずかしさに耳の先端まで赤くして答えた。

「……い、挿れて、ください、クラウス様」

「……望みどおりにしましょう」

クラウスはアリーセの腰を両手で抱いた。

「あっ……」

ふっくらと咲いた肉唇の狭間に切っ先を押し当てられる。初めての結合への恐怖がまざまざと募ってきた。

「や、やっぱりだめっ……！」

あまりの怖さに首を左右に振って拒否したが、クラウスはもはや容赦がなかった。実《み》の詰まった栗のような亀頭をずぶりと突き刺す。

「あ、ああっ」

初めて味わう痛みに、アリーセは背をそらす。一度侵入してしまえば、クラウスはもはや征服者に変じるのみだった。男根をぬっぬっと押し進めて、無垢な隘路《あいろ》は開拓されていく。

「あ、あ、ああっ、いやっ……」

初めて男を迎える器官が悲鳴をあげる。指より何倍も太い肉の楔をクラウスは無情にも押し込んでいく。

「痛いのっ……いやっ……」

クラウスが裂いていく肉襞は、今まさに傷ができていくような鮮烈な痛みを生んだ。クラウスが腰を少しずつ進めていくたびに、ずきずきと痛む。

「やっ……抜いて……お願いだから、抜いてください」

涙目で懇請《こんせい》すると、クラウスが上からアリーセを見下ろす。筋骨隆々とした彼の肉体には力が満ちて、アリーセを見つめる目には情欲が燃え盛っていた。

「抜くなんて、できませんよ」

無慈悲にはねつけられて、アリーセは彼に涙のにじんだまなざしを投げた。

「代わりに気持ちよくしてさしあげます。俺をもっと欲しいと思っていただけるように」

クラウスは伸ばした指でアリーセの陰核を転がす。クラウスをくわえて十分に刺激を受けているそこにくりくりと円を描かれて、アリーセは甲高い悲鳴をあげた。

「あっ……ああっ……そんなにしちゃ……だめっ……」

目いっぱい広げられた淫唇のつけねでぷくりと膨れた淫玉は、先ほどよりも感じやすくなっていて、指の刺激がことのほか強く感じられた。内襞がはっきりとわかるほどびくびくと脈打ち、クラウスを締めつけると同時に悦楽の波が生まれる。

「んぁあっ……あぁっ……だめっ……」

「良いですね、アリーセ様が俺をきゅっと締めてくるのが、本当に心地よいです」

「や、締めてなんか……あんっ……」

クラウスがぐぐっと挿入を深めてくる。押し広げられる肉襞は快感を与えられ、淫らに震えている。

「あん……あっ……ああっ……ああぁっ……」

クラウスが押し込むだけでなく、腰をゆるやかに前後させだす。こすりたてられる刺激がたまらなく気持ちよくて、アリーセは淫らに広げさせられた太股を震わせた。

「ふあっ……ああっ……クラウス様っ……だめっ……」

「もう少しで俺を全部収められます。ああ、俺もたまらないですよ……」

艶やかな声音で煽りながら、クラウスは腰を前後させつつ、押し込みを深くしていく。男を知らぬ隧道《すいどう》をクラウスが太茎で掘削していく。

「はぁ……はあっ……はぁ……はあ……」

「アリーセ様の純潔を今まさに俺が奪っています。証拠を見せてさしあげましょう」

クラウスがふたりの結合部に指を這わせた。それから、アリーセの目の前に突き出す。形のよい指先に、鮮血がまとわりついている。衝撃に胴が震えた。

「……やめて……」

アリーセが顔を背けると、クラウスが顎を摑んでアリーセの顔を正面に向けた。視線と視線が絡みあう。クラウスの灰青色の瞳は鈍く輝いていた。

「俺がアリーセ様の処女を奪った男です。アリーセ様、よくご覧ください」

国の頂点に立つ男は、少しも悪びれず、自信に満ちた顔をしている。

アリーセは、征服される屈辱と求められる歓喜を同時に味わって、頭の芯が酩酊していくようだ。

(どうして受け入れてしまったのだろう……)

クラウスはずるい男だ。悦びを味わわせて、アリーセの肉体をとろかせるだけでなく、心までもかき乱す。

アリーセは涙声でなじった。

「あなたなんて……」

「好き、とおっしゃりたいのですか？」

「違います……あぁっ……」

　クラウスがぐいっと腰を押しつけた。硬い陰毛に覆われた男根の根元と充血したやわらかな陰唇がこすれあって、たまらない愉悦を生む。

「全部入りましたよ。それにしても、アリーセ様の中はすばらしく気持ちがいい……俺の先端から根元まできゅうきゅうと締めつけて、実に最高です」

「嫌っ、締めてなんかいません……！」

「お礼にいっぱい気持ちよくしてさしあげましょう。こんなふうに」

　クラウスが腰を半ばほど抜くと、勢いよく挿入する。最奥がごりっと突かれて、アリーセは淫らに背をそらした。

「あぁーっ」

　クラウスのふくれあがった先端がアリーセの無防備な子壷の入り口に何度も深いくちづけをする。舌を挿入するくちづけじみた激しさだ。ごりごりと突かれて、なりふりかまわなくなるほど強い快感が全身を痺れさせる。

「あっあっあっあぁっ……」

　甘苦しい波に乗り、アリーセは絶頂に追い上げられる。甘美な稲妻が我を忘れさせて、胸を突き出しながら忘我の瞬間を味わった。

　子壷は絶頂の余韻で細やかに震える。クラウスによって限界まで広げられた肉襞が新たな蜜で濡れそぼつ。

「ふあっ……ああっ……」

絶頂の余韻に下肢を震わせていると、クラウスがずちゅぬちゅと抽挿をはじめた。雁首《かりくび》を女陰のふちにひっかけるほど抜かれ、また根元まで押し込まれる。クラウスに絡みつく膣襞がめくれそうに収縮し、アリーセに抗いがたい快感を与えてきた。

「はぁっ……ああっ……ああっ……」

クラウスの与えてくる快感の虜《とりこ》になって、ろくに抵抗もできない。下肢の狭間を天に向けるほど膝を押し広げられるみっともない格好にされても、下腹の中央に抜き差しされる男根の力強さに負けて、アリーセはただあえぎ声を漏らすばかりだ。

「アリーセ様は本当にお美しい……」

感嘆を漏らしたクラウスが上半身を倒してアリーセの唇を求めてくる。くちづけは深かった。舌を挿入されると、アリーセの舌は意識するより早く彼の舌に応じた。舌と舌が淫猥に絡みあう最中でも、クラウスの男根は攻撃をやめない。怒張《どちょう》しきった肉の槍はアリーセの膣襞を淫奔にかき回して、ますます追いつめてくる。

言葉を失うほど深く激しい抽挿だった。彼が腰を抜き差しするたびに蜜が隙間からあふれてアリーセの尻までたれる。雄茎の根本も愛液ですっかり濡れて、肉体のもたらす愉悦をふたりはまぎれもなく分かち合っていた。

「ああっ……もう……だめっ……だめっ……」

胴を震わせて、アリーセはくちづけをやめたクラウスを涙目で見つめた。

「何がだめなんですか？　教えてください」

クラウスに催促されて、アリーセはつい本音を口に出してしまう。

「い、達《い》ってしまいそうなの……」

さっきから膣襞が制御できないほど震えている。子壷が妖しく収縮して、アリーセをまた極みに追いやろうとする。

「……俺も達きますよ。いっぱい出しますからね」

クラウスがそう言うなり、さらに激しく抜き差しする。一突き一突きが膣の奥に重く轟いて、アリーセは腰を浮かせて絶頂に至った。

「あっ……ああー！」

びくびくと収縮する子壷が制御できない快感の波濤を生み出す。アリーセは抵抗できないままに押し流されて、甘美な余韻に惑溺する。

クラウスは力の抜けたアリーセの最奥に奔放《ほんぽう》に吐精した。熱い精液を勢いよく吹きつけられて、身体が震える。

「あっ……」

「アリーセ様は、これで俺のものですね」

クラウスは、アリーセの右手をとると唇を押し当てた。言葉を強める仕草に、アリーセの心臓が跳ねた。

クラウスはアリーセを征服してしまったのだ。オストフェンが帝国を打ち負かしたのと同じように。

「わたしは……」

罪悪感に打ちのめされる。もはやヨーゼフの名を口にもできない。

(完全に裏切ってしまったのだわ……)

クラウスと情交して、彼の子種を受け止めた。ヨーゼフの妻になることは永遠にできなくなった。

ずちゅりと音を立てて肉棒を抜かれる。吐精してもなお芯に硬さの残るそれの感触に、心を奪われたときだった。

「アリーセ様、俺は以前、国のために結婚してくれと言いました。だが、もっと大切なことを伝えていませんでしたね」

「え?」

アリーセが問い返すと、クラウスはアリーセの右手を己の頬に押し当てた。

「愛しています。だからこそ、あなたを俺の妻にしたいのです」

「な、何を……」

動揺しているアリーセの両頬を手で挟むと、彼は額にくちづけをしてきた。

「あなたを愛しています。だから、俺の妻になってください」

真摯なまなざしと誓いに、アリーセの鼓動が大きく跳ねた。

「愛している……」

その言葉の重みに戸惑うと同時に安堵する。クラウスは皇女であるアリーセの利用価値に重きを置いたのではなく、個人として愛を捧げるのだと言ってくれたからだ。

「……本当ですか？」

アリーセはおそるおそるたずねた。身体の関係に引きずられていたが、ようやく心も追いついてくれそうな安心感を覚える。

「本当です。あなたの心に兄上がいたのは知っている。ですが、それでも、あなたが欲しかったのです。抱いたのは、俺を刻みつけたかったからだ。あなたにとって、最初で最後の男になりたかった」

クラウスのまなざしをひたと向けられて、アリーセの心が揺り動かされる。

「あなたが愛おしくてたまらないのです。どうか俺の妻になり、王妃として俺を支えてください」

クラウスの懇願に、アリーセは涙を浮かべた。

（ここまで望まれるなんて……）

もはや彼を拒むことはできそうもない。

「……わたしは……王妃としてクラウス様を支えますわ」

「俺を愛しているとは、まだ言ってくれないのですね」

「それは……」

アリーセは瞼を伏せた。アリーセにとって愛は泉の水のように心にあふれるものだ。それをヨーゼフには確かに感じていた。けれども、クラウスに対して同じ感覚を抱いているかと問われると自信がない。自分が肉欲に打ち負かされているだけのような気がするのだ。

「いいのですよ、ゆっくりで。俺のそばにいてください。いつかは俺のことを誰よりも愛していると言わせてみせます」

「自信家なのですね」

「ええ。俺はこの世の誰よりあなたを愛していますから。それこそ、これが証です」

クラウスがアリーセの腿に己の股間をすりつけた。そこはまたもや硬度を増して、鋼鉄の剣に変じていた。

「なっ……」

「毎日これであなたを愉しませていたら、あなたもきっと俺の虜になり、愛を感じてくれますよね」

「か、感じません」

「感じますよ、絶対に」

言葉と同時に股間を広げられ、硬くなった男根をずぷずぷと埋められる。おとなしくなっていたはずの膣襞がたちまち歓喜に満ちて、クラウスにまとわりつきはじめた。

「あっ、ああっ……」

「アリーセ様も俺を歓迎してくれていますね」

「ちがっ……」

「いっぱい子種を吐きますからね。身体の芯で俺の愛を感じてください」

クラウスはずぷっじゅぷっと浅ましい水音を立てながらアリーセの内奥をかき回す。

あっという間に快感にとらえられ、アリーセも知らず腰を振り立てて、彼に応じはじめた。

四章　馬車の情事

初夏を迎え、薔薇の花が城の庭園に満ちるころ、アリーセはクラウスから報告を受けた。

「まもなく聖母教会が完成しますよ」

「まあ、よかったですわ」

城の庭で薔薇の世話をしていたところだった。薔薇の小さな蕾を間引いて腕に下げていた籠に投げ込んでいたアリーセは、作業の手を止めて彼を見つめる。

「不幸な事故はありましたが、ようやく形になりました。民もきっと喜ぶことでしょう。ようやく婚礼の日程も決められます」

「聖母の教会の落成を祝う意味でも、王族の婚礼はぴったりですものね」

結婚相手がヨーゼフからクラウスに変更されたこともあり、結婚式は延期されていたのだが、それには聖母教会の完成を待つというクラウスの意思も込められていた。

民のための教会である聖母教会だが、そこで王族が結婚式を行うことで、教会の格を高める効果があるという話を聞かされたとき、アリーセはクラウスの配慮に感じ入ったのだ。

（新しい教会で王族の婚礼を行うことで完成を祝う……すばらしい発想だわ）

民も新たな教会に誇りを持てるだろう。

「ともかく、本当によかった。あれ以来、無事に工事が進んだということですものね」

アリーセは感慨深くうなずいた。作業員が落下して亡くなったあの日を最後に事故は起きていない。アリーセも気になって、ことあるごとに工事の進捗状況や作業員たちの様子を聞いていたのだ。

「これも神のご加護があってこそですわ」

アリーセは目を閉じ、胸の前で十字を切る。

（神よ、聖母の教会とそこで働く方々を守護してくださり、ありがとうございます）

帝国、オストフェン関係なく、民は平和で幸せでいてほしいとアリーセは切に願う。幸福はときとしてすぐ壊れてしまうからだ。

「……祈るアリーセ様は、まるで聖オクタヴィアのようですね」

クラウスの感嘆にアリーセは繭玉《まゆだま》にも似た瞼を開けた。

「あなたは、聖オクタヴィアのように清らかで美しい」

「そ、そんなことはありません」

アリーセは彼の視線を避けてうつむいた。クラウスのまなざしが艶めいていて、直視するのがつらい。

「……それなのに、俺に抱かれているときは、乱れに乱れて、また別の意味でお美しい」

「やめてください」

彼の発言を聞いていると、耳まで熱くなってくる。

あれから、たびたび彼に抱かれるようになった。罪悪感を伴いつつ味わっていた快感を、次第に高揚しつつ堪能するようになっている。

肌を合わせるたびにふたりの肉体は慣れ親しみ、心も彼に寄り添おうとしているのがわかった。

(それでも、まだ……)

アリーセは最後の一歩を踏み込めていない気がしていた。

(身体は彼と溶け合っているのに……)

クラウスに抱かれているときは、頭の中から教会のことも神のこともきれいさっぱりなくなってしまい、肉体がもたらす愉悦だけに支配されているのだが。

「昨夜も下の唇で俺をくわえて放そうとなさらなかった……うれしくてたまりませんでしたよ」

「変なことを言わないでください」

アリーセは籠をその場に落とすと、クラウスに一歩近寄った。

「あまり下品なことをおっしゃると、許しませんわ」

「事実でしょう。昨夜、浴場でアリーセ様に触れたら、すぐに俺にもたれかかって……

あっという間に下肢の間が濡れてしまわれたのですからね」

「だ、だから、やめてください」

アリーセはクラウスの唇に両の掌を押しつけてしゃべる邪魔をする。夜の話題を昼間に持ち出してほしくない。

クラウスはにやりと笑ってアリーセの右手首を摑んだ。掌を舌でぺろりと舐められて、背にぞくっと悪寒が走る。

「……俺はアリーセ様に夢中なのです。アリーセ様がベッドで奔放になればなるほど、俺の愛しさは増していくのですから」

「だから、やめて……」

「今夜も忍んでいいですか？」

「クラウス様っ」

クラウスはアリーセの小指を口にくわえると、ちゅくちゅくと舐めだした。身体の芯が浅ましくも熱くなりだす。

「……クラウス様……」

小指を舐められているものだから、動けない。そうしていると、庭園の入り口に顔を出したイゾルデが、驚いたふうに目を見開いた。

（こんなところを見られるなんて……！）

クラウスは彼女に背を向けている。だから、イゾルデはふたりが何をしているかわからないだろう。しかし、こんなみっともない行為を外でしていると知られたくない。クラウスを追い払いたくて、アリーセは焦って叫ぶ。

「クラウス様、やめてくださいっ」

切羽詰まった呼びかけに、クラウスはようやく指を解放してくれた。

「気持ちよくなかったですか？」

開き直った問いかけに、アリーセは眉を吊り上げた。

「そんな問題じゃありません！　他人に見られるわけにはいかないというのに……！」

「誰かいますか？」

クラウスがいきなり振り返る。イゾルデは庭園の囲いの下に隠れて、アリーセたちの視界からは消えていた。

(よかった……)

イゾルデとたびたび会っていることは、クラウスに伝えていなかった。イゾルデはヨーゼフについて忌憚《きたん》なく語れる唯一の娘だからだ。

(次はクラウス様だわ)

イゾルデのことはいったん脇に置き、アリーセはクラウスをたしなめることにした。外にいても触れ合いを求めてくる点は注意しなければならない。

「クラウス様、昼間から恥ずかしい行いをするのはよしてください」

「俺とアリーセ様の仲なのに？」

「結婚を間近に控えた仲ですが、いくら親しい仲でも礼儀は保ってください」

アリーセがむきになって注意すると、クラウスは頭をかきつつ斜めに視線を落とした。

「わかりました。今回は引き下がります」

「今回はって……」

「俺はいつもあなたに触れたくてたまらないのです。だから、どうか許してください」

クラウスは片膝をつくと、アリーセの右手をそっと引き寄せて手の甲にくちづけをする。

ただの挨拶程度の接触なのに、ベッドの上での彼の振る舞いを想像してしまい、下肢の奥がじわっと熱くなる。

クラウスは、夜とは異なりあっさり手を解放すると、すっと立ち上がった。

「では、俺は政務がありますので、これで」

「お忙しいなら、わたしのことは気にかけなくても大丈夫ですからね」

クラウスは秘書官、貴族、官僚など様々な人々と始終会議をしていて、本来ならばアリーセの相手をする暇などなさそうなのだ。

「あなたが好きだから、お顔を見たいのです。だから、アリーセ様は気になさらなくてけっこうですよ」

直截に好意を伝えられ、胸の鼓動がひとつ鳴った。

（クラウス様はわたしを好きだと言ってくれているのに……）

アリーセは、まだ自分の想いを告げられない。

「それでは」

クラウスは踵を返すと、庭園から出て行く。彼が見えなくなったところで、イゾルデが庭園へと足を踏み入れ近寄って来た。

「イゾルデ……」

「仲がよろしいんですね、アリーセ様とクラウス様は」

他意のない口ぶりだが、罪悪感が生まれるのはなぜだろう。

「そうかしら……」

イゾルデは自分の頬を両手で挟み、上目遣いで言う。

「ヨーゼフ様がいなくなって、むしろよかったのではないかと推察いたします。クラウス様と一緒におられるときのアリーセ様は、とても幸せそうですもの」

「そんなことないわ！」

アリーセは髪が乱れるほど首を左右に振った。

「でも、本当にそう見えるんですよ？　アリーセ様はヨーゼフ様をお忘れになったようです」

「わ、忘れてなどいないわ！」

アリーセは右手で口元を覆った。

「忘れてなど……」

いない、と断言したところで虚《むな》しい言い訳にしか聞こえないだろう。クラウスに抱かれながらヨーゼフを気にかけるなど、恥知らずなことに違いない。

「でも、仕方ないのではありません？　今、アリーセ様のおそばにいるのは、クラウス様ですもの。アリーセ様が機嫌をとらなければならないのは、クラウス様。ヨーゼフ様ではありませんからね」

「わたしは機嫌をとっているわけでは……」

「でも、おふたりは身体の関係をお持ちなのでしょう？　結婚前にそういう仲になるということは、アリーセ様はクラウス様の機嫌をとらねばならないと考えたからでは？」

イゾルデは愛らしく小首を傾げて、ふつうであれば言いにくいことを平気で口にする。

「それは……」

「でも、ヨーゼフ様がおふたりの話を聞いたら、がっかりされるでしょうね」

イゾルデが肩を落として首を振る。アリーセは喉を鳴らした。

（ヨーゼフ様はどれほど失望されるだろう）

助けてもらったあの日の思い出と手紙のやりとりで降り積もった想い――アリーセは裏切り者だ。あんなにたくさんの言葉を交わしたのに、自分の情のなさに寒けがする。

イゾルデの、すべてを知り尽くしたような表情に、すがるように問いかけた。

「ヨーゼフ様は生きていらっしゃるの？」

「……わたくしのような下々の者が知るはずもありませんわ」

イゾルデは掌を口に当てて、含みのある笑いを漏らす。

「ただ、ヨーゼフ様は国のためを思って行動されていたというのに、理解を得られなかったのは、本当に残念なことです。クラウス様はヨーゼフ様を助けておられたそうですけれど、足を引っ張っておられたのでは？」

イゾルデの指摘はアリーセを驚かせた。

（そんなまさか……）

アリーセが聞いた話では、クラウスは留学から戻ったあと、その知見を生かしてヨーゼフを助けていたらしい。だが、結局のところヨーゼフは失脚するに至った。

（そういえば、どういう経緯でヨーゼフ様が追い出されたのか具体的には知らないわ……）

それは知っておかねばならないことのような気がする。

「イゾルデはことの経緯を知っているの？」

「わたくしが、ですか？」

イゾルデは自分の胸に手を置くと、邪気のない笑みでアリーセの問いを退けた。

「それこそ、わたくしのような下々の者が知っているはずもありませんわ。アリーセ様こそクラウス様のすぐ近くにおられるのです。よほど調べられるお立場では？」

提案されて、アリーセは躊躇したあとうなずいた。

「そうね、わたしができることよね」

決意を込めてうなずいたところで、庭園の入り口から声がかかった。

「アリーセ様、どこですか？」

パメラの呼びかけに、イゾルデは疾風の速さで身をひるがえし、庭園の奥に歩いていく。

イゾルデは下働きの娘だ。本来ならば、アリーセと親しく会話できる身分ではない。

イゾルデは、パメラが入って来た出入り口と正反対の位置にある薔薇のトンネルから庭園を出て行く。彼女に背を向けて、アリーセはパメラを出迎えた。

「あの娘は誰ですか？」

パメラが訝しげに問うてくる。

「下働きの子よ。少しだけ話をするようになったの」

「下働きの娘とですか？」

パメラは眉をひそめた。

「どこで働いている者でしょう。厨房ですか？　それとも他の場所でしょうか」

「定期的に来ている者だそうよ」

アリーセが答えた。事実、通いで雑用全般をこなす者たちがこの城にはいるのだ。

「ちゃんと紹介状をもらったと聞いたけれど」

「ならば、よろしいのですが……」

パメラは地面に落としていた籠を拾いあげると、小さな蕾をひとつ摘み、親指と人差し指で枝をひねる。

「オストフェンは、まだ政情穏やかでない国だということをどうか自覚なさってください」

「わかったわ……」

アリーセは渋々うなずいた。平穏に見えるオストフェンだが、ヨーゼフを追放して間もないのだ。外から見ればおいしそうな洋梨だが、皮を剝いたらぶよぶよに腐っているというようなものなのかもしれない。

(でも、だからこそ、気になることは自分で調査をしないといけないわ)

密かに固めた決意を顔に出さないようにして、作業を続けるために咲き誇る薔薇に近づいた。

その夜、アリーセが足を向けたのは、城の端にある書庫だ。法律の書や星十字教の聖典と注釈、各地から寄せられた報告書の他に、今まで出された布告、官庁への指示書などが収蔵されている。

並んだ書棚が二十は超えるほど広い部屋には、ところどころランプが灯されて、字を読むのに十分な明るさが確保されている。

アリーセはごく近年に出された布告の類を読みたかったのだが、整理された書棚から探すのは難しくなかった。

冊子にまとめられた布告からは、ヨーゼフの意気込みを感じられた。

『今年の生産高は昨年の二倍を目指し、目標は必達するように』

『モーゼン州のワインの生産は、二割は効率よくできるはず。見直すように』

『計画が甘すぎる。練り直しをするように。人件費は三割削減で』

どれも厳しすぎる要求ばかりで、政治にうといアリーセでさえも疑問を抱いてしまう。

(すべて厳格なものばかり……これでうまくいったのかしら)

あまりに高すぎる目標は、達成しようという意気込みを生むよりは、むしろあきらめを助長するような気がする。

首をひねりながら読んでいると、扉が開く音がした。思わず身構えると、書棚の間の通路から男の姿が見えた。

「そんなところで何をなさっておいでですか?」

「シュベリーン伯爵」

近寄って来る伯爵の、モノクルの向こうの目は細められている。

アリーセは覗き見を咎められた気になりながら、おずおずと答える。

「オストフェンのことを知りたいの。だから布告を調べていて……」

「それは感心ですね。アリーセ様が帝国に情報を流してくださるのが、もっとも望ましいのですから」

「なんの話ですか?」

「スパイの話ですよ」

「スパイですって!?」

アリーセは非難を込めてシュベリーン伯爵を睨んだ。

「オストフェンと友好を築くために、わたしは嫁ぐのではないの？」

「もちろんです。しかし、世の中、表では手を握り合っているが、裏では足を引っ張り合っているような関係などいくらでもあります」

「それで？」

「裏で足を引っ張るために必要なのは情報ですよ、アリーセ様。適切なタイミングに適切な策を採るためには情報がなくてはいけませんからね」

顎に手を当て高説を垂れるシュベリーン伯爵は、ご満悦といった様子だ。

「……そんな関係が健全とは思えないわ」

アリーセは首を横に振った。〝そんな関係〟は、帝国貴族の社会でうんざりするほど目にしたものだった。

「大人の関係ですがね」

シュベリーン伯爵は腕を組むと、足をトントンと鳴らす。

「それで、何かおもしろい情報でも発見できましたか？」

「特には何も……ただ、ヨーゼフ様の布告の文面が気になって」

「ほう……どのように気になるのですか？」

「とても厳しいものばかりだから、この布告をみなが受け入れたのかしらって疑問に思ったの」

アリーセが説明すると、シュベリーン伯爵は足をゆっくりと鳴らしながらうなずく。

「そのことでしたら、みな、受け入れなかったそうですよ。あまりの厳しさに音《ね》をあげていたとか」

「でも、音をあげたら許してくださったの？」

アリーセが疑問を呈すると、シュベリーン伯爵が唇をねじ曲げた笑みを浮かべた。

「もちろん許しませんでしたよ」

「では……」

「みなはどうしたと思いますか？」

モノクルの奥の空色の瞳が意地悪に輝いた。まるで、厳しかった礼儀作法の教師のようだ。

アリーセは唇の両端をきゅっと引いて考えた。

（どうなったの？）

もしも、ヨーゼフの命令を達成できず、しかし、それを率直に報告するのが憚られる状況だったら、どうしただろう。考えた末に、アリーセは渋々と答える。

「嘘の報告をしたとか？　成功しなくても、成功したと言ったのでは……？」

「アリーセ様、大正解ですよ。ヨーゼフ様の苛烈な命令の数々が招いたのは、嘘の世の中です」

シュベリーン伯爵が両手を広げて笑った。

「ごまかしと偽りの数字が支配する世界に、なんの意味があるでしょう。もっとも、それを招いたのは……」

シュベリーン伯爵はそこまで言ってから、にやりと笑った。

「アリーセ様、その布告をご覧になればおわかりになるでしょう。ヨーゼフ様がまったく望まれぬ王だったということが」

アリーセは言葉に詰まる。シュベリーン伯爵の発言はまさにそのとおりだと首肯したくなるものだった。

「……ヨーゼフ様は、国を豊かにしようと必死だったのではないかしら」

アリーセは物寂しい気持ちになりながら、ヨーゼフを懸命にかばう。

(ヨーゼフ様は、早くオストフェンを強大にしたかったのだわ)

オストフェンは昇る旭日のように勢威を増している国だ。けれども、外から受ける感想と中で指揮をとるヨーゼフでは、違った心境だったのかもしれない。

「なるほど、確かに国を豊かにしようと懸命だったのでしょう。しかし、民が支持しなければ無意味なのですよ」

シュベリーン伯爵は意味深な笑みをたたえつつ、足をコツコツと鳴らす。一定のリズムで鳴る靴音は、アリーセを試しているようにも聞こえる。

「鞭ばかりを浴びせられて、誰が王のために働こうと意気込むでしょうかね。民には鞭を浴びせるだけでなく、ときには甘い蜜を舐めさせなくてはいけないのですよ」

「オストフェンでは誰も蜜を与えなかったの？」

アリーセの質問に、シュベリーン伯爵は人差し指を立てた。

「おりましたよ、蜜を分け与える方が」

にっと笑った顔は教師然としている。アリーセは少し考えて、すぐに推測を導き出した。

「もしかして、クラウス様？」

「ご明察にございます。クラウス様こそ、オストフェンで蜜を配る者ですよ」

シュベリーン伯爵が手を叩く。ふたり以外に誰もいない書庫に、音が不気味に反響する。

「では、クラウス様は違った形でヨーゼフ様を助けていたのね」

納得はしたが、違和感がふつふつと生まれる。

（でも、それだとクラウス様が人気を集めてしまうわ……）

ヨーゼフは鞭の側だから、もとより人気者になれるはずもない。クラウスのほうが自然と民から支持されるようになるはずだ。

「クラウス様は、ヨーゼフ様を助けていたのよね？」

投げかけた質問に、伯爵は靴をカツンと大きく鳴らした。

「もちろんですよ、アリーセ様。クラウス様は大いにヨーゼフ様を助けられた。オストフェンを強大にするために、ふたりで協力していたそうですよ」

「そうなの」

「もっとも、オストフェンが強大になると、我が国が困りますがね。帝国にとって、オストフェンは目の上のたんこぶ。大きければ大きいほど、邪魔になるというものです」

アリーセは眦を下げて困り顔になった。事実としてはまったくそのとおりで、オストフェンが力をつければつけるほど、帝国は怯えて過ごさねばならなくなる。

「アリーセ様。帝国の立場を言わせていただければ、アリーセ様が嫁がれるのは、ヨーゼフ様だろうが、クラウス様だろうが、どちらでもいいのです」

「あなたっていつも率直なのね」

アリーセは冷めた気持ちで応じる。帝国にしてみれば、アリーセがオストフェンの王妃になるなら、相手はどちらでも同じだと言いたいのだろう。アリーセの考えや想いなど、どうだっていいのだ。

（それが皇女として生まれた義務）

口中に苦い味が広がる。所詮、アリーセは皇帝の道具だ。

「しかし、どちらが帝国にとって都合がいいかと問われれば、やはりクラウス様を推《お》すしかない。ヨーゼフ様は、帝国に対して敵意を強く持たれていた。オストフェンを強大にしようとしたのも、帝国に並び立とうとした意志のあらわれです」

そこでシュベリーン伯爵は言葉を止めた。アリーセがきちんと聞いているという意味を込めてうなずくと、さらに話を続ける。

「クラウス様は違います。帝国と友好的な関係を築きたいというご意志をわたしも聞きました。いたずらに帝国への敵意を煽り、両国の仲を不安定にするのは愚策であるという意見も聞いております。皇帝にとって、どちらを婿にしたいかは一目瞭然だと思われませんか？」

「伯爵の言うとおりね」

アリーセは力なく答えた。伯爵の言うとおり、クラウスに嫁ぐのは正しい選択だ。

「アリーセ様、ヨーゼフ様のことはお忘れなさい」

伯爵に断じられ、アリーセは目を閉じた。忘れろと言われるたびに、何度も交わした手紙の文字が眼裏に映るのだ。

（本物のヨーゼフ様は、手紙から伝わる方と同じではないのかもしれない）

けれど、アリーセは思い出を塵芥《ちりあくた》のように丸めて捨てることはできない。

（あのやりとりを無意味なものにしたくない）

アリーセは瞼をゆっくりと開けると、伯爵を見つめた。

「忘れませんわ、絶対に。わたしにとって、大切な思い出ですもの」

シュベリーン伯爵は肩をすくめた。

「ヨーゼフ様は幸せですね。手紙ひとつで、そこまで愛されて」

皮肉のスパイスがまぶされた感嘆にも、アリーセの心は揺るがない。

「手紙ひとつでそこまで心を動かせるのですもの。伯爵も見習ったらいかがです？」

「そうですね。せっかくですから、パメラ殿に我が思いの丈を打ち明けてみましょうか」

シュベリーン伯爵が軽やかな笑い声をあげながら書庫を出て行く。アリーセはランプでも照らしきれない闇に沈み込む気持ちで佇んでいた。

数日後、アリーセはクラウスと一緒に外出した。向かった場所は薔薇祭りの会場である。初夏を彩る薔薇がブラウフォンの街の随所に飾られる華やかな祭典だというが、クラウスは準備を視察するのだという。お忍びでの訪問にアリーセは喜んで同行することにした。

ふたりの格好は微行らしく地味なものだった。アリーセが着ている紺青のドレスはほとんどふくらみのない形でエプロンを重ねている。クラウスが身につけているのは白いシャツにサスペンダーで吊るしたダークブラウンのトラウザーズ。常とは異なる格好になると解放感があり、アリーセの足は自然と軽くなった。

「まあ、本当にきれい」

人目につかぬ裏通りで馬車から降りて徒歩で訪れた中央広場は、薔薇で飾られつつあった。

円形になった広場の中心には、古代の神話の海神が矛《ほこ》を持って海馬にまたがっている。筋骨隆々とした海神の頭上には薔薇の冠が飾られ、海馬も馬身や下半身の魚体の部分を薔薇で装飾されて愛嬌《あいきょう》がある。

「屋台がもう出ているのですね」

「何か食べますか？」

「あの焼き菓子がおいしそうで」

三日月型に焼かれた薄い焼き菓子は、帝国でも売られているのを見た覚えがある。

「故国でよく見かけたんですわ。教会への行き帰りに眺めて、とてもおいしそうだなって」

帝国では買い食いなど許してもらえるはずもなかった。皇女たるものそんなはしたないことをしてはならないと言い含められていたのだ。

「買いましょうか」

クラウスがくすくすと笑って菓子の屋台に近寄る。アリーセは並んで歩を進めながら、あわてて制止した。

「クラウス様、わたしに気を遣ってくださるなら不要ですから」

「アリーセ様が食べたいものなら、なんでも買いますよ」

屋根のついた屋台の台には、三日月型の菓子が山盛りにされている。一部は砂糖でコーティングされたものもあった。

「どれほど要りますか？」

「……少しでいいですから」

紙袋に菓子が詰められて手渡される。アリーセが受け取ると、クラウスが小銭を店主に渡した。立派な口ひげの生えた店主は、にっと笑って白い歯を見せた。

「お幸せにな」

胸に染み入るあたたかい言葉だが、現状では菓子のように簡単に受けとめきれない重みがある。それでも、感謝の言葉は口にした。

「ありがとうございます」

菓子を抱え直す。袋の口は折り曲げられて、菓子が飛び出ないようになっている。

「今食べても大丈夫ですよ」

「いいえ、城に戻ってから食べますわ」

アリーセは大事に抱えて、クラウスと広場の外周に移動する。

広場の周囲には薔薇を生ける鉄の籠がいくつも飾られ、広場の奥に佇む教会までアーチが続いている。教会は空を突き刺すような形の尖塔が無数に備えられた重厚なものだった。

「あの教会が殉教聖堂ですよ」

「殉教聖堂は、オストフェンでもっとも権威のある聖堂なのですよね」

聖母の教会は新しく建築されている新市街の教会だが、殉教聖堂は違う。オストフェン最古の聖堂で、王族の洗礼、婚姻、葬儀が行われているのだという。

今回のアリーセとクラウスの結婚は聖母の教会で行われるが、今後は殉教聖堂を使う機会も増えるのだろう。

その聖堂に続くアーチの周囲には、薔薇が入った籠が無数に用意されている。

「こんなにたくさんよく集めましたね」

「これでも一部ですよ。本来は香水を作るために植えられた薔薇の残りを飾りだしたのが薔薇祭りのはじまりですから」

アリーセとクラウスは並んで聖堂へと続く道を行くと、アーチには薔薇が取り付けられはじめていた。薔薇は赤に紫、桃色に白など色とりどりで、無骨なアーチを華やかに彩る。薔薇祭りの本番はどれほど賑《にぎ》わうことだろう。

準備には多数の老若男女が関わっていた。忙しく動き回る母親のそばを幼児がついて回る。子どもたちは走り回って、ときには大人に叱られている。

「あら、あの子……」

アリーセの目を引いたのは、五歳くらいの男の子である。ひとりできょろきょろしている様子が不安な心をあらわしているようだ。

「迷子のようですね」

クラウスは男の子につかつかと近寄ると、片膝をついた。

「どうしたのかな。何かあれば、言ってごらん」

けれども、男の子は怯えてしまって踵を返して逃げようとする。

「待って！」

アリーセは男の子の行く手を塞ぐとしゃがんで目線を合わせ、紙袋に入っている焼き菓子をひとつ取り出した。

「はい、どうぞ」

男の子は菓子を見ると目を輝かせた。受け取ると、一口食べてうれしそうに頬をゆるめる。

「おいしい」

「よかった。ひとりで遊びに来たの？」

アリーセがたずねると、男の子はとたんに悲しげになった。

「お母さんと」

「はぐれちゃった？」

「うん」

目に涙をためた男の子を見て、同情心が湧く。

「お母さん、一緒に捜そうか」

「うん」

「では、俺が抱っこしよう」

クラウスが男の子の前に回ると、手を広げる。男の子がクラウスの身体の大きさに怯えた表情をした。

「大丈夫よ。このお兄さんは怖くないから」

アリーセがくすくす笑って説明すると、男の子はアリーセの顔とクラウスの顔を見比べて、クラウスに渋々手を伸ばす。彼は軽々と抱っこした。

「高ーい！」

「だろう。そこからお母さんを捜すんだぞ」

クラウスが励ますと、男の子は大きな声で母を呼びはじめた。周囲の人々がクラウスと男の子を見比べて笑い声をあげる。

「お母さーん！」

これでもかと叫ぶ男の子は可愛いらしく、アリーセも笑顔を誘われる。

クラウスも楽しそうにしていた。男の子の土にまみれた靴でシャツを汚されているのに、そんなことは気にならない様子だ。

アリーセは胸の奥にひたひたと押し寄せる波を感じていた。

（やさしい方だわ……）

彼の本当の姿をようやく知った気がした。

男の子をためらわずに助ける姿に、服を汚されてもなんとも思わぬような晴れやかな表情に愛しさが募り、抱きしめたくなってしまう。

子どもが何度か叫ぶと、道の向こうから駆け寄ってくる女性がいた。

「お母さーん！」

男の子はクラウスの腕の中から母親に手を伸ばしている。クラウスはあわてて男の子を抱き直した。落ちそうなほど身を乗り出す男の子をなんとか腕の中に収めようと懸命な姿が微笑ましい。

「あんた、どこに行ってたの!?」

母親はクラウスから男の子を受け取ると、抱っこして頭を撫でている。男の子はうれしそうに母親の胸に顔をすりつけている。

「うちの子がご迷惑をおかけして、本当にごめんなさいね」

頭を下げられて、アリーセは首を横に振った。

「いいのですよ。子どもはじっとしていないものですから」

「本当にこの子はあたしの言うことも聞かないんだから……」

愚痴をこぼしながらも、男の子を抱き直す母親のまなざしはやさしい。愛されている子どもの姿に、ほっとしてしまう。

「これ、あげるわ。おやつに食べて」

アリーセがお菓子の入った紙袋を手渡すと、男の子はうれしそうに紙袋を胸に抱いた。

「こんなにいただいて、申し訳ないですよ」

子どもの抱きしめる菓子袋を母親が奪おうとするから、アリーセは首を左右に振った。

「お利口にしていたご褒美ですわ。どうぞ」

アリーセが男の子の髪を撫でるものの、菓子に心を奪われている男の子は、さっそく紙袋に手を入れて、ひとつつまんでいる。

「それじゃあ、失礼します」

踵を返す母親と子どもに手を振っていると、クラウスにあわてて駆け寄ってくる壮年の男たちの一団があった。彼らはクラウスの前に並ぶと、帽子を脱いで一礼する。

「殿下……じゃなかった、陛下！」

「視察にお越しで？」

「そんな堅苦しいものじゃない。準備が進んでいるか、様子を見たかっただけだ」

クラウスが苦笑して首を横に振ると、七人いる男たちが彼を尊敬のまなざしで見つめる。

「殿下が王様になってくださって、本当によかった。あの野郎のもとだったら、もっと死人が出ていましたぜ」

「そうだ！　むちゃくちゃな増産計画とやらで、何度事故が起きたかわからねぇ。殿下が……いや、クラウス陛下が裏で手を回してくれたおかげで、事故が防げたんだ」

「おまえたち、その話はやめよう」

アリーセをちらりと見てから、クラウスは手をあげて彼らを制止する。

「いや、だって、でん……いや陛下。ヨーゼフ王が俺たちのために何をしてくれたか……無茶な計画を押しつけるばかり、道具も人間も揃わないのに、ありえないでしょうよ」

「そうだ！　クラウス陛下が裏で報告を書き換えてくれなかったら、俺たちは、今ごろどうなっていたか！」

「クラウス陛下のおかげです。陛下のおかげで命拾いしたようなもんだ。本当に感謝してるんですぜ、俺たちは」

口々に感謝を述べる男たちに、アリーセは呆然としてしまう。

（ヨーゼフ様は、どれほど憎まれていたの……？）

反対に、クラウスは感謝と敬意を捧げられている。

「おまえたち、そんなことで褒められても困るぞ。王になったからには、俺も厳しくやるつもりなんだから」

「またまた、クラウス陛下は慈悲深いお方。そんなことはなさらないはず」

「持ち上げても無駄だぞ。めちゃくちゃな目標を立てるつもりはないが、達成できそうなのにやらないなら、それは怠慢だと責めるからな」

クラウスが眉を吊り上げ、凄みをきかせた顔をこしらえる。男たちは、顔を見合わせて笑い合った。

「陛下が無謀な目標を押しつけてくるとは思いませんから」

「そうですよ。俺らの陛下が変な要求をするとは考えられねぇ」

「おまえたち、好き勝手なことを言うな」

クラウスは額に手を当てて、深くため息をつく。それから、男たちを鋭く見渡した。

「とにかく、今後は前と同じとは思わないでくれ。王となったからには、オストフェンを豊かに、強大にしたいという希望はあるんだから」

「わかってますよ、クラウス陛下」

「俺たちも協力を惜しみませんから！」

男たちは礼をすると帽子をかぶり、うるさいほどのしゃべり声と笑い声をまき散らしながら去って行く。沈黙して見送るアリーセの肩に、クラウスが手を置いた。

「アリーセ様、驚いたでしょう」

「はい……」

アリーセはゆっくりとうなずく。ヨーゼフへの罵倒を目の前で聞かされて、衝撃を受けないわけがない。

「あの者たちは羊毛工場の労働者なのです。俺が視察に行ったときに知り合いました」

「そうなのですね」

「兄上の計画を達成できない。このままでは罰せられると訴えられました」

「そうですか……」

クラウスの一言一言が針となって心臓を刺す。

「……ヨーゼフ様は本当に民から愛されていなかったのですね」

冷酷な事実だった。ヨーゼフは愛も尊敬も勝ち得なかった王なのだ。

「兄上は、厳しすぎたのです。民に冷徹すぎた。民は人間です。石ころのように扱ってはいけないのですよ」

クラウスの沈痛な表情にアリーセも同意するしかない。

「クラウス様のおっしゃるとおりです」

「俺は兄上を止めることができなかった……力不足です」

「そんなことはありませんわ。クラウス様は精一杯努力されたのでしょう？」

アリーセは彼の腕にそっと手をのせると熱を込めて励ます。

「クラウス様はヨーゼフ様とは違う形でオストフェンを強国にしようとされておられるのですもの。民を押さえつけるのではなく、下から支えようとしておられるのではないのですか？」

アリーセの確認に、クラウスは我が意を得たりという表情をした。

「そうです。どちらかといえば、オストフェンが発展する条件を整えたいと考えています」

「そのお心が民に伝わっているのでしょうね。あの者たちがクラウス様に愛と尊敬を捧げるのも、当然ですわ」

クラウスの態度は頂点に立つ者として、理想的なものだろう。

「そんな立派なものではありませんよ」

クラウスが苦笑いをしつつ首を左右に振った。

「俺が兄上をもっと制御できれば、兄上は国から追い出されることもなかった。その点に関して、俺の働きかけは奏功しなかったのですから」

「クラウス様……」

彼はアリーセを片手で抱き寄せた。

「アリーセ様が傷つくのがもっとも苦しいことです。アリーセ様は兄上のことを慕っていらっしゃったのだから」

クラウスの一言に心の傷が癒えていくような気がして、アリーセは彼にもたれかかる。

「血の繋がった兄弟なのに、俺は兄上を裏切ったことになったのです」

神妙な口ぶりに、アリーセの良心も苛まれる。ヨーゼフを裏切ったのは、アリーセも同じなのだ。

「ヨーゼフ様とお会いできればいいのに。胸襟を開いてお話をすれば、きっと和解できるはずです」

それは、自分の本心でもあった。

「そうですね。兄上に会ったら、俺も大切なことを伝えられるのですが」

アリーセは頭を起こすと、彼をまっすぐ見つめる。沈んでいる彼を慰めたかった。

「クラウス様はご立派です。オストフェンを救ったのですから」

ヨーゼフがずっと王であれば、いずれは大きな反乱や暴動が発生したかもしれない。クラウスがたまった不満を適切に抜いていったおかげで、オストフェンは穏やかなのだ。

「まだまだ救いきれていませんがね。それに、オストフェンを救うだけでなく、これからは成長させていかなければなりません」

「そうですわね」

オストフェンを強国にする。その考えは、クラウスもヨーゼフと同じだ。しかし、手段が違うのだろう。ヨーゼフは短期間に成長することを願っていた。クラウスは一歩一歩進むことを願っている。

「オストフェンを前進させるには、アリーセ様の協力が必要です。アリーセ様、俺に力を貸してくださいますか？」

まっすぐな目と言葉がアリーセの心をわしづかみにする。先ほど感じた感情がはっきりとした輪郭を伴った気がする。

「もちろんです。以前も申し上げましたが、わたしは王妃としてクラウス様をお助けしますわ」

「ああ、よかった……」

クラウスがアリーセに頬を寄せて甘くささやく。

「アリーセ様が俺と離れずにいてくださるなら、これほどうれしいことはありません」

クラウスの言葉は、アリーセに自信を与えてくれる。今まで無益な存在だと思っていた自分が役に立てるのだと励まされる。

「帝国では、わたしは何も期待されない立場にいました……クラウス様が、わたしにいてほしいと思ってくださるなら、これほどうれしいことはありません」

王妃としての立場を与えられ、自分の力を役立ててほしいと望まれる。これほど喜ばしいことがあるだろうか。

「アリーセ様……」

クラウスが熱く見つめる。そのとき、車輪の音が少し離れたところから響いてきた。

通りを一本隔てた裏通りで馬車がふたりを待っており、帰るときはそれに乗るという手はずだったのを思い出した。

「……馬車に乗りましょうか。城に戻りましょう」

「はい」

クラウスに促され馬車に乗ると、アリーセは座席に腰を落ち着けた。隣にクラウスが座ると、馬車が走りだす。

ほっと一息つくと、クラウスがアリーセの腰に腕を回してきた。甘えるように顔を首筋に埋められて面食らう。

「どうされたのですか、クラウス様」

「あなたの決意を聞いたら、俺の身体がすっかり火照《ほて》ってしまって」

アリーセの手をとると、己の股間に導く。そこはすっかり硬度を増し、欲望をあらわにしていた。

「なにを……」

アリーセはパッと手を離した。それでも生々しい感触が手に残っている。布越しでもわかるほどクラウスの男根は勃起していた。

「ここであなたを抱きたい、アリーセ様」

「ば、馬車の中ですよっ」

ガラガラと音を立てて回る車輪の上で抱かれるなんて、信じがたい。

「嫌ですか？」

「嫌ですわ。せめて城に帰るまで待ってください」

城のベッドの上で抱かれるなら、まだ受け入れられる。昼間に、しかも一枚扉を隔てたら外という場で抱かれるなんて、恥ずかしくてたまらない。

「そんなに恥ずかしがらなくても……その姿を見たら、ますます抱きたくてたまらなくなる」

クラウスは首筋に舌を這わせる。腰に腕を回されているから、逃げることもままならない。

「あっ……やめっ……」

「薔薇の香りがしますね、アリーセ様」

「やめてください、クラウス様！」

「やめません」

クラウスはアリーセを座席に強く押しつけるとくちづけをしてきた。

口内にぬるりと入ってきた舌が、アリーセの舌をからめてくる。

「ん……んんんっ……」

アリーセは眉間に皺《しわ》を寄せてうめいた。

クラウスの舌を追い出したい。けれども、腰をきつく抱かれて、舌を舐め回されると、拒む力はたやすく屈服させられてしまう。

「ん……んうぅっ……んん……」

クラウスが舌を喉の奥まで差し入れる。何度も出し入れされて、アリーセの下肢に官能の火がつく。

（だめ……だめ……なのに……）

このままなし崩しに抱かれたくない。けれども、クラウスは唇をふさいで拘束しておきながら、胸元の組み紐を緩めて、肩から服を落としてくる。コルセットはつけていなかったから、シュミーズの肩紐も落とされると、桃の形をした乳房が簡単にあらわになった。

下から乳房を持ち上げられて、ぴくんと背にうずきが走る。

彼はくちづけをやめると、アリーセの胸に熱い視線を注ぎながら、乳房を大胆に揉んだ。

「ん……んんぅっ……」

素肌にクラウスの大きな手や骨ばった指を這わされて、アリーセは頰を上気させ、熱く潤んだ瞳でクラウスを見つめる。

「あ、やめて……」

「乳首がこんなにツンと勃っているのに、やめてとおっしゃる」

膨れた突起を乳輪に埋め込むほど押されて、アリーセの眉がきつく寄る。そのまま指で押し回されて、官能が高まる。

「ああっ……」

「こうやってつままれるのもお好きですよね、アリーセ様は」

こんどは、乳首を親指と人差し指で挟まれて、ふにふにと動かされる。アリーセの肌はうっすらと桃色に染まり、乳首はますます赤く尖る。

「愛らしい乳首だ。これを俺たちの赤ん坊にだけ吸わせるのは、もったいないですね」

「……もったいなくなんて、ありません」

「もったいないですよ。だから、俺が舐めてしまいましょう」

クラウスはそう言うと、身体を傾けて左の乳首に唇を寄せる。形のよい唇の間に挟まれて、軽く甘噛みされると、アリーセは身悶えた。

「ああっ、だめっ……」

魚が水面で空気を吸っているようにパクパクと噛まれたあとは、するりと口内に吸い込まれる。ちゅくちゅくと口の中で転がされて、アリーセは涙目になった。

「いやっ……いや……」

恥ずかしくてならないのに、クラウスは一向にやめてくれない。前髪が乳房に触れるたびに、肌が粟立つ。

「クラウス様、だめっ」

左乳首を舐めながら、腰を抱いていた右手がするりと右の乳首をつまみだす。先端を転がされ、乳暈からつまみだされて、両方を同時に愛撫されていると、下肢が熱く潤っていく気配があった。

「はあっ……あぁっ……あん……」

アリーセは外に声が漏れないように必死に唇を噛みしめるが、高まる快感に断続的にあえいでしまう。

「お願い、だめっ……！」

アリーセはクラウスの頭を引きはがそうとしたが、ちゅっちゅっと頂を吸い出されると、手から力が抜けていく。

「はぁっ……はぁ……はぁっ……」

ドロワーズの奥が熱く湿っていく。胸を愛撫されているのに、快感は確実に下肢に伝わり、アリーセを懊悩させる。

「アリーセ様……」

クラウスは胸の頂を攻めるのをいったんやめると、アリーセの首筋に舌を這わせだした。生き物のように舌が這うたびに、アリーセの身体に快感の波が走る。

「んん……あああ……んん……だめ……」

髪を押しのけて耳たぶを噛まれると、妖しげな感覚に襲われる。甘噛みされて、背にぞくぞくと悪寒が走る。

「……耳もお可愛らしい」

「ああ、クラウスさま、やめて」

「食べてしまいたいくらい可愛らしい耳ですね。アリーセ様はどこも愛らしいですが」

顎の線を舌でなぞり、頬にくちづけをして、こめかみにも唇を押しつける。

どこもかしこも触れられて、アリーセの鼓動がどんどん速くなっていく。

「ああ……」

「アリーセ様、胸以外ではどこに触れられたいですか」

乳房を下から持ち上げられ、重さを量るようにたぷたぷと揉まれて、全身を震わせる。

「どこもさわられたくない、ですわ……」

「嘘を言ってはだめですね。下のお口は、もう濡れておられるのでは？」

クラウスはアリーセの腰からドレスとシュミーズを床に落としてしまう。ドロワーズだけの姿にされて、恥辱に震える。

「だめ……」

「ああ、お膝も可愛らしかった。すべすべとしていますね」

胸から膝に移った手が円を描く。すべらかな膝はクラウスの手にすっぽりと収まってしまう。その手が膝からドロワーズの裾にもぐると、不埒にも内股の肌を撫でた。アリーセの腰がびくびくと震える。

「ひっ……いやっ……」

「なめらかな肌だ。ずっとさわっていたくなりますね」

「やめてください」

内股の部分なんて、他人にたやすく触れられるような箇所ではない。刺激が強すぎて、アリーセの目に涙がにじむ。

「絹のような肌とは、まさにアリーセ様の肌のことですよ」

「そ、そんなことありません……」

「いつまでも触れていたいですが、アリーセ様が触れてほしいのは、別のところでしょう？」

クラウスの手は裾から這い出ると、流れるように動いてドロワーズ越しに股間に触れる。谷間をこすられて、アリーセの身体ががくがくと揺れた。

「あぁっ……」

「濡れていらっしゃる。感じていたんですね」

「か、感じてなんかっ……」

否定したくても、ドロワーズは濡れているのだ。湿った布を押しつけながらこすられて、腰が頻繁に揺れる。

「あ……ああっ……ああ……だめっ……だめ……」

「俺の手に感じてくださって、本当にうれしいですよ」

「そこはっ……」

クラウスの指が淫芽のあたりをこすってくる。布越しの接触はもどかしくて、あと少しで最高に気持ちよくなれるのに、とアリーセの脳が浅ましい思考を生み出す。

「はぁ……はぁ……ああっ……」

「直接さわっていいですか？　アリーセ様もそのほうがいいでしょう？」

「いや……そんな……」

「いいはずですよ。ずっと気持ちよくなれるわけですから」

クラウスはそう言いながら、ドロワーズに手をかける。

「腰を浮かせて」

命じられて、アリーセは頭が真っ白のまま従う。クラウスは一気に足下までドロワーズを落とした。それからアリーセの腰を抱えて自らの膝にのせると、ドロワーズをつま先から抜き取ってしまう。馬車の床に、絹のドロワーズが放り投げられた。

「俺のモノがすっかり勃起しているのが、わかるでしょう?」

腰に当たるのは、クラウスの硬くなった男根だ。アリーセの身体が硬直すると、彼はその隙を見逃さず、アリーセの膝を開いて、クラウスの軽く開いた両脚をまたがせた。

「やっ」

股を全開にした恥ずかしすぎる格好だ。閉じようとすると、彼の右手が直接アリーセの秘処に触れてくる。

「ひやっ……ああっ……」

クラウスの右の人差し指が谷間の花をパックリと開いていく。喉を鳴らしたアリーセはさらなる悲鳴をあげた。

「ふ、ぁぁあっ」

クラウスが淫芽に指先を押し当てる。丁寧に皮を剝かれて、直接芽に触れられると、官能の鋭い波に襲われた。

「ああっ……んんあっ……だめっ……」

くるりくるりと円を描かれると、腰ががくがくと揺れるほど気持ちがよかった。淫芽が転がされるたびに快感の刺激が生まれて、アリーセの脳を痺れさせる。

「あっ……ああっ……や……やぁっ……」

　ぷっくりと赤く尖った淫芽を前後左右に揺すられると、あまりの心地のよさに失禁してしまいそうになる。

「はぁっ……いやっ……やんっ……やん……」

　アリーセの淫らな宝石は、触れられれば触れられるほど、快美な刺激を散らせる。膣の奥からどっと蜜があふれて、アリーセの中を熱く濡らす。

「ああっ……やっ……も、もう……やぁっ……」

　くりくりと転がされて、胎がひくひくと脈打ちだす。たまった快感が弾けてしまいそうな予感に、期待と不安が交錯する。

「はぁっ……だめなの……これ以上、しちゃ……へ、変にっ……」

「ああ、達《い》きそうなんですね。達ってしまっていいんですよ」

「や、そんなの、はしたないっ……」

　首を左右に振った。婦女子は慎ましくあらねばならないという神の教えを何度読んだことか。

　それなのに、アリーセの現状は神の教えと大きく異なっている。馬車という外の空間で、密かに軽蔑していた帝国の貴族たちのように、性交の悦びに溺れようとしているのだ。

「や、や、嫌……」

　アリーセは顔をくしゃりと歪ませると、高まる熱に耐えようとした。

けれども、クラウスはアリーセの儚い抵抗を嘲笑うように秘芽をこすりたてる。

「やぁっ……達く……達くっ……！」

胎の奥にたまった快感が大きく弾けた。下肢が甘くとろけて、どっと蜜があふれる。頭の中は真っ白になり、常には味わえない解放感を覚えた。

「はぁっ……はぁ……はぁ……」

腰が震えて、さらなる蜜があふれる。クラウスのトラウザーズにじっとりと染みができた。

「アリーセ様、気持ちよかったですか？」

耳元で熱くささやかれ、アリーセは頬を朱に染める。

「どうだったか言っていただかなくては」

さらに迫られて、アリーセは逃げ場を失った獲物の気持ちで答える。

「……気持ち、よかったです」

「よかった。アリーセ様を満足させられて、とてもうれしい」

クラウスはアリーセの胸に腕を回して強く抱く。

「……気持ちよくなるなんて、恥ずかしいことです」

アリーセが涙まじりのつぶやきを漏らすと、クラウスがアリーセを深く抱きしめた。

「恥ずかしくなる必要などありません。これはアリーセ様を解放するための時間なのですから」

「わたしを、解放？」

クラウスに問うと、彼はアリーセの頬にくちづけてから言う。

「そうですよ。アリーセ様は自分を抑圧されておられる。立派な皇女にならねばならない、神に誠実に仕えなければならない……そんな考えで頭の中はいっぱいでしょう？」

指摘されて、アリーセはうなずいた。

「……おっしゃるとおりですわ」

「アリーセ様の考えはまちがってはおられない。しかし、常にそうだったら息苦しいでしょう」

クラウスの指摘は息を呑むほどに正しかった。

（そうよ、クラウス様の言うとおり）

ずっと自分を抑えつけているのは苦しい。だが、皇女なのだから当たり前だと思っていた。

「この時間は、アリーセ様の魂が自由になる時間なのです。俺の指の動きを愉しみ、自由を感じてください」

クラウスがそう言いながら、下肢の狭間に中指を挿れてくる。濡れに濡れた淫らな唇は、なんの抵抗もせずクラウスを迎え入れた。

「あっ」

するりと根元まで呑み込んだいやらしさに心臓が高鳴る。クラウスの膝に抱えられている体勢だから、彼のほどこす指戯が嫌でも目に入ってしまう。

「指の太さでは満足できないかもしれませんが」

クラウスは平然と言い放ちながら指を出し入れしだした。長い指がちゅくちゅくと水音を立てながら、アリーセの内部をこする。

「あっ、あっ、あっ……」

アリーセは身体を震わせながらクラウスの指戯に耐えた。ちゃぷちゃぷと聞くに堪えない水音が馬車の中に鳴り響いている。

「ん……んん……んんんっ……」

クラウスの指がせりだした部分をこすると、強い快感が生まれて、アリーセを身悶えさせる。

中を掻き回されると、肉襞がうねってアリーセを惑乱させる。

「はぁ……はぁっ……はぁ……」

アリーセは背中をクラウスに預け、下肢を責められる様子をつい見つめてしまう。

クラウスの濡れた指が出し入れされる様は、なんとも卑猥だ。

「アリーセ様、俺が中を可愛がっている間に、ご自分で自分の宝石をさわってごらんなさい」

クラウスは左手でアリーセの手を摑むと、股間に導いた。指先が淫芽にちりっと触れて、たまらない愉悦が生まれる。

「ああ……できない……そんなこと……」

「すごく気持ちいいですよ？」

クラウスが悪魔のように艶めいたささやきをする。

「でも、そんな……はしたない……」

「はしたなくなっていいんですよ。今はアリーセ様の魂が自由になる時間なのだから。さあ、アリーセ様の一番感じるところをご自身の指で慰めてください」

やんわりとした誘惑なのに、アリーセはほんのわずか躊躇したあと、左の指先で陰芽に触れる。クラウスがしたように転がすと、たちまち快感が生まれた。

「あ……や……これ……」

ぬるぬると押し回すと、自分の指が生み出す快感とクラウスの指がもたらす快感がまじりあって、悦びをより強く感じる。

「は……はぁ……あっ……わたしの指なのに……こんな……」

「俺の指も締めつけられています。アリーセ様、感じていらっしゃいますね」

「んん……こんな……はしたない……」

そう口に出しているというのに、自分の指の動きを止めることができない。くにくにと前後左右に動かして、快楽をむさぼってしまう。

「……もう一本追加しますね」

クラウスが膣の中に人差し指を押し込む。中指と人差し指が同時に出し入れされて、力強さを増した掘削が絶え間なく蜜襞を刺激する。

「あっ……気持ちいい……あっ……」

アリーセもまた彼の動きに合わせて自分の秘芽を愛撫する。ふっくらと充血した肉の花びらのつけねの淫芽を丁寧に転がすと、クラウスの刺激とあいまって、なんとも言えず気持ちいい。

「ああっ……ああ……いや……だめなの……」

アリーセの柔肌は上気し、張った乳房の先端は赤いルビーの色をしている。高まる熱に浮かされるように、アリーセは自らの性感帯をさらに刺激する。

「ふあっ……ああっ……ああ……あああっ……」

「アリーセ様、中が俺の指に吸いついてきますよ。達《い》きたかったら、達っていいんですよ」

甘いささやきに、アリーセの腰が揺らめいた。胎の奥が熱くとろけてしまいそうだった。

「はぁっ……だめっ……ああっ……達くっ！」

憚りなく声をあげ、アリーセは極みに至る。下肢が痺れて感覚がなくなり、甘美な余波が脳天を突き抜ける。

全身が甘くとろけて力が入らないのに、アリーセの内奥はクラウスの指を締めつけて絶頂の余韻を味わってしまう。

「俺の指がたいそうお好きなようですが、次は俺自身を可愛がってくださいね」

クラウスの指が引き抜かれると、中の粘液がとろりとあふれでた。

「ふぁっ……」

「アリーセ様、淫らになられて……」

クラウスが感極まったようにアリーセの頬にくちづける。

「絶頂に至るあなたは、とても美しい」

「やめてください……」

「そんな美しいあなたに、醜い俺を挿入してもいいのでしょうか」

と言いながら、クラウスが己を緩める気配がした。サスペンダーをはずして、トラウザーズをずりさげる。彼はアリーセを軽く抱えると、陰唇の狭間に猛りきった男根の鏃《やじり》を押し当てた。

「あっ……」

アリーセは期待と不安の入りまじった気持ちでクラウスの肉棒を見つめてしまう。今まさに結合しようとする彼自身は、アリーセの腕に近い太さがあった。

「挿れますよ」

クラウスは陰唇の間に切っ先をめり込ませる。濡れそぼって男を待つアリーセの雌襞は、クラウスを難なく受け入れてしまった。

「あっ、あんっ……」

先端が収まってしまえば、あとは簡単だった。守備兵のいない城のように、たやすくクラウスの男根が進攻していく。

「はぁっ……あぁっ……あああっ……んあ……」

もはやアリーセも認めるしかなかった。

アリーセの肉の器は、クラウスを歓迎していた。これまで何度も官能を与えてくれた存在に歓喜して、猛りくるった肉棒に肉襞が絡みついていく。

「は……はぁあ……あああぁ……ああ……」

内部がうねって彼を受け入れていく。最奥を突かれて、目の裏が白くなるような快感が生まれた。

「中が吸いついてくる……たまりませんね」

「言わないで……」

「……とろけてしまいそうです」

クラウスはアリーセと結合しているという感覚を味わいたいのか、腰の動きを止めてアリーセを抱きしめてくる。

「アリーセ様の身体を独り占めできるなんて、俺は幸せです」

「……変なことをおっしゃらないで、クラウス様」

「本当ですよ。アリーセ様はどうですか？　俺と性交するのは、嫌ですか？」

クラウスがアリーセの横顔を見つめてくる。熱いまなざしに射貫かれて、アリーセは愛しさで胸がいっぱいになった。

「嫌というわけでは……」

「俺は大好きですよ、アリーセ様を抱けるひとときが」

アリーセが彼に顔を向けると、くちづけをしてきた。彼の胸に背を預ける格好で交わすくちづけは、体勢的には苦しかったが、下肢がきゅんと甘くなるほどの刺激があった。

「……もう我慢できません。動きます」

クラウスは短く宣言すると、下からぐいっぐいっと腰を振りだした。

「あっ……あぁっ！」

指とはまったく異なる太い雄茎が力強くアリーセを突き上げる。ぐぽっじゅぽっと聞くに堪えない水音がふたりの間で鳴り響いた。

「ああっ……奥……突いたら……ああっ……」

クラウスが最奥を何度も突く。尖った亀頭を無防備な子宮口にめり込まされて、淫芽をいじられるのとは異なる快感に襲われる。

幸福感を伴った深い愉悦は抗いがたく、クラウスの想いに引きずられてしまいそうだ。

「奥を突いたら、だめなのですか？」

アリーセの悲鳴を拾ったクラウスが、浅いところで抜き差しをはじめる。もどかしいようなむず痒いような快楽を与えられて、アリーセは浅ましく腰を揺らした。

「だめなのですか、アリーセ様」

クラウスは甘くて強い口調でアリーセに意思をあらわせと命じてくる。

「……そんなはしたないこと……」

アリーセは小声で拒否する。しかし、クラウスは甘やかすことなく迫ってくる。

「奥を突いてほしかったら、声に出して言わなくては。わたしをもっと激しく突いて、と」

「……そんなこと、言えません」

「だったら、俺は浅瀬で遊ぶことにしましょう」

クラウスは腰を引くと、アリーセの手前を掻き回す。それはそれで心地よいのだが、すでに深い悦びを知った身体は満足するはずもない。物足りなさに、アリーセは腰を揺らめかした。

「クラウス様……」

「さあ、ちゃんと言ってください、アリーセ様。してほしいことはちゃんとおねだりしないといけませんよ」

突き放されて、アリーセは涙をにじませながら懇願する。

「……お、奥を突いて、クラウス様」

「お利口ですね」

褒美のようにずんと奥を突かれた。甘苦しい快感に、アリーセは目を見開いた。

「ふあっ、ああっ、あああ……」

「アリーセ様、うれしいのはわかりますが、締めつけすぎですよ」

クラウスはやんわりとたしなめながら、ずんずんと奥を突く。力強い抽挿に、アリーセの蜜壺がきゅんと甘く収縮する。

「そ……そんなの……してないっ……」

「してますよ、俺はうれしいですが」

クラウスは下から絶え間なく突き上げてくる。力のある突き込みに、アリーセは感嘆のこもった息を漏らしてしまった。

「すごい……ああ……いい……」

蜜をまとった内襞がこすられるのがたまらなく気持ちいい。

性器と性器が密に淫らに接触し合って、心までもとろかすような悦楽の波が押し寄せてくる。

アリーセは下肢を見た。クラウスの陰毛はアリーセが漏らした愛液のせいでべったりと濡れている。彼が腰を引くと見える赤黒い肉棒も濡れそぼっている。ふたりの性交は濡れに濡れて、馬車の中は淫猥な空気が支配している。

「ああ、そこもいいの……」

クラウスがわざと恥丘の裏をこすると、また新しい快感を覚えた。蜜襞が昂奮してうねり、クラウスに絡みつく。

「……中が吸いついてきますよ」

クラウスはアリーセの髪を払うと、うなじにくちづけをしてくる。そうしながら乳房を揉まれ、乳首をいじられ、さらには腰を突き込んでくる。

　多種多様な愛撫に、アリーセの頭が真っ白になった。

「ああ、ああ、い、いっぱいしちゃ、だめ……」

　身体どころか、心がどうにかなってしまいそうだった。クラウスの与えてくれる快感に引きずられて、彼の存在が心の中で大きくなっていく。

「中、うねっていますよ。すばらしい……」

「いや、クラウス様、クラウス様……」

「俺を欲しいと言ってください。そうしたら、いっぱい子種を吐きますから」

　彼も切羽詰まっているのか、突き込みがいよいよ激しくなってきた。アリーセは快感の極致をたゆたいながら、がくがくとうなずいた。

「ああ、好き、クラウス様、好き……いっぱい欲しいの……」

「いけない方だっ」

　クラウスがずんずんと力のこもった突き上げをしてくる。一撃一撃に力があって、アリーセの最奥が甘く痺れる。

「ああっ……だめ、あああぁっ……」

　アリーセが甲高い悲鳴を放って達した直後、クラウスが中に熱い精液を吐き出した。子宮口がしぶきを浴びて、きつく収縮する。

　言葉を失うほど強い絶頂のあと、アリーセは大きく息をする。情交のもたらす深い満足

感が胸に満ちる。

「アリーセ様」

背後から抱きしめられて、アリーセは彼の胸にもたれた。いささかの緩みもない胸板と腹筋に安心する。

「愛しています、誰よりも」

しみじみと染み渡る告白に、アリーセは胸の内が熱くなった。

（わたしもクラウス様が、好き……）

クラウスは王として慈悲深く、素直に尊敬できると思える。加えて、アリーセに自信を与えてくれた。愛されているという自信だ。帝国では味わえなかった感情を、クラウスがあふれんばかりに与えてくれた。

（でも……）

やはりヨーゼフのことが頭から離れない。彼を裏切るのは罪だとささやく声から逃れられないのだ。

「アリーセ様、こちらを向いてください」

彼に乞われて、アリーセはクラウスの膝の上で体勢を変え、彼と向き合った。クラウスが灰青色の瞳を一途に向けてくる。

「アリーセ様はどうですか？」

直截にたずねられて、とっさに言葉に詰まる。今、感じている複雑な想いを素直に話すのは、彼に対して失礼だ。

（ヨーゼフ様への申し訳なさは、確かにある……）

だが、クラウスへの思慕も心の中に確かに形作られていた。

「わたしは……わたしも、クラウス様が好きです」

想いを伝えると、クラウスはアリーセを抱きしめてきた。

「俺も愛しています、アリーセ様。一生、放しません」

「……クラウス様は、なぜわたしをそれほど想ってくださるのですか？」

深い愉悦を味わったあとだからか、いつもだったら訊けない質問をしてしまう。クラウスは熱い息と共に答えた。

「あなたのやさしさ、健やかさ、清らかさ。それがどうしようもなく俺を惹きつけるのです」

「……わたし、ずっとやさしくはありませんでしたわ。最初のうちは、クラウス様にも冷たくしたでしょう？」

アリーセの述懐に、クラウスは余裕の笑みを見せる。

「その冷たいところも、アリーセ様の純粋さのあらわれだと思いましたよ。兄上を想うからこそ、俺につれなかったわけですから」

「クラウス様……」

彼がアリーセを丸ごと肯定してくれるのがうれしい。

「俺はアリーセ様を娶《めと》り、王妃にすることができる幸せな王です。アリーセ様が俺を支えてくださるなら、俺はなんでもできますよ」

「クラウス様……」

アリーセのことをそれほど支えになると言ってくれるなんて、うれしくてたまらない。

彼の背に腕を回し、肩に頭を寄せて抱きしめる。

「わたしも王妃として誠心誠意お仕えしますわ」

それはアリーセの素直な気持ちだった。

ヨーゼフのことは忘れがたいが、新たな王になったクラウスを支えるのは、両国のためにも大切な仕事だ。

クラウスが身じろぎしたので、アリーセは身を起こす。彼は熱いまなざしを向けてきた。

「くちづけをしてもいいですか、アリーセ様」

クラウスはアリーセの返答を待たずにくちづけをしてくる。挿入してきた舌を受け入れ、互いの舌をもつれあわせて官能を高める。

「うう……んんん……」

くちづけをしながら、クラウスがアリーセの腰を軽く浮かせて、いきりたった男根を沈めてくる。上の口と下の口を同時にふさがれて、性交の悦びを強く感じた。

クラウスはくちづけをいったんやめると、欲情のこもったまなざしを向けてきた。

「アリーセ様、また子種を吐かせてください」

「どうして、そんなにすぐに元気になるのですか？」

先ほど吐精したばかりなのに、クラウスの男根は鋼の棒の硬度を保っていた。中を突かれて、アリーセは身体を震わせる。

「あなたが可愛らしくてたまらないからですよ。だから、俺の欲望がまた弾けてしまうのです」

悪びれない台詞を言いながら、クラウスは下からぐちゃぐちゃと突き上げをしてくる。

「んん、激し……」

アリーセは勢いのある突き込みにうっとりしてしまう。

彼にすがりつくと、アリーセもまた腰を淫らに揺らして、無意識のうちにクラウスを誘惑する。

夢うつつのような境地にたゆたうアリーセにクラウスがささやいた。

「俺はずっとあなたの虜《とりこ》だったのです」

「え？」

「いつか必ずあなたにお伝えしましょう」

クラウスは激しく突くだけでなく性感を巧みにこすりたててくる。

アリーセは彼の言葉の意味を問うこともできず、深い悦楽にとらえられてあえぐばかりだった。

五章　薔薇と真実

薔薇祭りの式典の出席を翌日に控え、アリーセは朝から城の薔薇園にいた。

「どれにしようかしら……」

籠を腕にかけて薔薇の生垣の間を歩きながら、アリーセは悩みに悩む。

「赤がいいかしら。それとも白かしら。ピンクだと目立たない？」

薔薇祭りでは、薔薇の女王が選ばれ、彼女の乗る山車《だし》がブラウフォンの街中を廻るのが祭りのクライマックスになっている。薔薇の花びらを人々に振りまく薔薇の女王は、幸運と豊穣の象徴であり、民は山車の周囲で彼女がまく薔薇の花びらを浴びて、幸運を祈るのだという。

アリーセの役目は、クラウスと共に、選ばれた薔薇の女王に薔薇の王冠を渡すことだ。

つまり、アリーセは薔薇の王冠を作るための薔薇を選んでいるのである。

「赤がいいんじゃないかと思うんですよね、あたしは」

隣にいるパメラは、あくびを扇で隠しながら言う。アリーセは化粧でも隠せていない隈を眺めつつ言う。

「寝不足なの？　パメラ」

「いえ、違いますよ」

こほんと咳払いをしてパメラは扇を揺らした。

「よく寝ております」

「最近、シュベリーン伯爵と夜遅くまでお話ししているみたいだけど」

「……異国のおもしろい話をしてくださるんですよ」

「シュベリーン伯爵は、外交官としてあちこちの国を飛び回っているものね」

若いときに各国に留学した伯爵は、人脈をあちこちに築いているおかげで、帝国の外交官として重宝がられているのだ。

「手紙ももらっているそうね」

「ええ、伯爵ったら、お手紙を書くのがお好きなんですって」

パメラがふうとため息をつくから、アリーセはくすくすと笑いだした。

「どうしたんですか、アリーセ様」

「いえね、わたしもたまにはいいことをするんだなと自画自賛しているの」

手紙を書いたらどうかと勧めたら、そうしてみようと答えたのは伯爵だった。伯爵はアリーセの提案に従う気になったらしい。

「パメラも返事を書いているの？」

「書きませんよ、会って話をするのに」

「せっかくだから、書いたらいいのに。会話は楽しいけれど、交わした言葉が形に残る手紙っていいものよ」

　アリーセは再び薔薇の間に視線をさまよわせはじめた。

「あたしは面倒くさがりだから、いいですよ」

「パメラったら……」

「それより、薔薇の色はどうするんですか？」

「それが問題よね」

　アリーセは深みのある赤の薔薇と純白の薔薇を一本ずつ鋏で伐《き》ると、パメラの前に示した。

「どっちがいいかしら」

「ドレスの色にもよりますよね」

「薔薇の女王のドレスは真紅なのよ」

　山車に立つ真紅の女王は、さぞや映えるだろう。

「じゃあ、白の薔薇冠がいいんじゃないでしょうか。赤だけだと単調な気がしますよ」

「そうね。白のほうがいいわよね」

　アリーセはうなずくと白の薔薇を目の高さにする。純白の薔薇の花冠は、女王を清らかに見せるだろう。

「桃色は……幼い印象になりそうね」

「紫も悪くなさそうですけれどね」

ふたりで相談しているうちに、イメージがクリアになっていく。

「やっぱり白にしましょう」

巻きがいい薔薇がいくつもあり、花びらの重なりも色も申し分ない。

「では、摘みましょうか」

パメラがそう言いかけたとき、女官が小走りでやって来た。

「どうしたの？」

パメラが問うと、女官が立ち止まって膝を曲げる礼をした。

「帝国からお届け物が」

「まあ」

アリーセはパメラと顔を見合わせる。

「いったい何かしら」

「あたしが見て参りましょうか？」

パメラの提案に、アリーセはうなずいた。

「お願いね」

「では、失礼いたします」

パメラは女官と一緒に去って行く。

アリーセは摘んだ薔薇を籠に入れた。白い薔薇はしとやかで、ドレスの艶やかさと対になるだろう。うつむいて薔薇を伐っていると、ふと人影が頭上に差した。

見上げると、イゾルデがいた。暗い表情に、アリーセはぎょっとする。

「イゾルデ、どうしたの？」

「アリーセ様は、いよいよヨーゼフ様をお忘れになったのですね」

よよとハンカチに泣き伏すイゾルデに、アリーセはあっけにとられた。

「イゾルデ？」

「クラウス様と結婚の決意を固めて、ヨーゼフ様を過去の存在にされるおつもりなのですね」

「そんなつもりはないわ」

アリーセは首を左右に振って訴えるが、自分でも言い訳にしか聞こえなかった。

(クラウス様に抱かれておいて、なおヨーゼフ様を忘れないと言うのは、まちがっている……)

恋の道は一途でいなければならない。ならば、アリーセはどう考えても不実な人間だ。

ヨーゼフを裏切り、クラウスに心を寄せているにもかかわらず、ヨーゼフを忘れられないと口にするのだから。

イゾルデはハンカチから顔をあげて、アリーセをじっと見つめた。

「アリーセ様、ヨーゼフ様とお会いできるなら、どうなさいますか？」

イゾルデの発言に、アリーセは凍りついた。

「え？」

「お会いできるなら、どうなさいますかと問うています」

イゾルデの目が爛々と輝いている。アリーセは心臓を直接摑まれたようにすくみあがった。

「……本当にお会いできるの？」

「ええ。アリーセ様が心からお望みなら」

彼女が着ているのは飾り気のない紺のドレスだが、自信に満ちた表情をしているだけで、女王のような風格がある。

「アリーセ様が会いたいとお望みならば、会わせてもよいのですよ」

イゾルデの手はまるで悪魔の手に見えた。その手をとったら、地獄に落とされてしまう。そんな力を秘めているようだ。

(でも、もしも、本当にお会いできるなら……)

しかし、イゾルデはどういう手を使うのだろうか。

ぐずぐずと考えていたら、イゾルデは興味を失ったのか、友好的な表情を一変させた。

「……やはり、アリーセ様はヨーゼフ様への愛を失ったのですね」

イゾルデは踵を返すと背中を向けた。

そのまま立ち去ろうとするから、アリーセは彼女の背にすがりつく。

「待って、お願い」

イゾルデの腕を摑んで、彼女を振り返らせた。

「会いたい……お会いしたいわ、わたし」

ヨーゼフに会い、話をしなければならない。なにゆえ民を虐げ、国王という地位を追われることになったのか。その前に過ちに気づかなかったのか。手紙の文面は本心だったのか、またクラウスと和解するつもりはあるのか。

(もし、ヨーゼフ様がクラウス様と仲直りをするおつもりなら)

喜んで協力するつもりだ。

「ヨーゼフ様はどこにいらっしゃるの?」

勢い込んでたずねたアリーセに、イゾルデは厳かに首を振った。

「言えません。ヨーゼフ様とお会いすることを、決して誰にも言わないと約束していただけるなら、お連れします」

「……わかったわ」

瞬時、迷ったが、アリーセは決断した。ヨーゼフは警戒しているのだろう。クラウスを、そして帝国を。ならば、アリーセも沈黙を守って面会を待つのみだ。

「ヨーゼフ様は、やはり逃げていらっしゃるのね」

「クラウス様からお命を狙われていますもの。ですから、不本意ながら逃亡生活を余儀なくされておられます」

イゾルデはアーモンド形の目に憤怒の炎を宿して言った。

「本来ならば、正統な王はヨーゼフ様なのに、クラウス様がヨーゼフ様から王位を奪った。……クラウス様は、卑怯者です」

アリーセはイゾルデの憎悪に言葉を失う。

（これほど憎まれるなんて、やはりクラウス様にも何か原因があるというの……？）

けれども、クラウスは民から親しみを持たれている。

彼はヨーゼフの無謀な計画から民を守り、それゆえに民から信頼を抱かれた。民から憎まれ、王位を追われたヨーゼフとは正反対だ。

「クラウス様は、悪人には思えないわ……」

アリーセのつぶやきに、イゾルデは語気を荒くして反論する。

「弟でありながら兄を尊重せず、それどころか王位を奪った……クラウス様は兄嫁になる皇女殿下さえも盗んだのですもの。それが何よりも雄弁な証拠でしょう？」

挑むようなまなざしを受けて、アリーセは罪悪感に沈んでいく。

「では、薔薇祭りの式典の日に、お迎えにあがりますわ」

イゾルデは己の艶やかな唇に人差し指を当て、アリーセを上目遣いで見つめる。

「お約束は守っていただけますね？」

妖艶な魅力をかもし出すイゾルデに、アリーセは戸惑いつつもうなずいた。

「わかっているわ」

「では」

イゾルデは沈黙を強制する一瞥を寄こしてから、薔薇園を出て行く。

ひとり残されたアリーセは、むせかえるような薔薇の芳香を嗅ぎながら、白薔薇を求めて薔薇園中をうつろに歩き続けた。

薔薇祭りの式典の日は、朝から快晴だった。

いつもよりも早い時間に起床したアリーセは、湯浴みをしてからドレスに着替えた。

真紅の衣裳を着る薔薇の女王に対して、アリーセが着るのはハイウエストの青紫色のドレスだ。胸元まで詰まったドレスは、卓越した縫製技術のおかげで、美しいドレープが生まれている。袖や襟元は白いレースで縁取られて、結婚前の処女《おとめ》の清楚な雰囲気が漂っていた。

(もうとっくに処女ではないのだけれど)

クラウスに抱かれて、すでに女の悦びを知ったアリーセが、こんな清潔感のあるドレスを着るのは、お笑い種《ぐさ》のような気がしなくもない。

「アリーセ様、よくお似合いです」

パメラが満足そうにうなずく。

「髪は……そうね、上だけ結って、下から三分の一はカールさせて垂らしてもらおうかしら」

「髪飾りはどうなさいますか？」

「せっかくだから、薔薇を使いましょう。薔薇の女王が白い薔薇の花冠だから、アリーセ様は紅の色を使おうかしら」

「この薔薇などはいかがですか？　色が濃くて、まるで血のようです」

若い女官が手にした薔薇は、確かに色の深みがあり美しかった。

「そうね、それにしましょうか」

「かしこまりました」

「アリーセ様はドレッサーの前にお座りください」

パメラの指示を聞いてドレッサーの前に座ると、女官たちが寄って来て、髪をセットしたり、化粧をしたりする。

「眉は自然な形がいいわね。あんまり濃く書かないで」

「パメラ様、イヤリングはどれがよろしいですか？」

「その真珠でいいんじゃない？」

アリーセが何も言わなくてもパメラがテキパキと指示をしてくれる。

帝国にいたときから、パメラはアリーセを着飾る役目だった。

「ネックレスはどれが？」

「その真珠とサファイアのものにして」

「頬紅はこれくらいがよいのでしょうか？」

「あと少し濃くしてくれたほうがいいわ」

わいわいと言い合いながらアリーセを変貌させてくれる女官たちとパメラに感謝しつつも、アリーセの頭の中はヨーゼフのことでいっぱいだった。

（ようやくヨーゼフ様にお会いできる……）

クラウスの妻になると決まり、彼に散々抱かれたあとだ。しかも、無理やりではなく、アリーセはクラウスをすっかり受け入れてしまっている。ヨーゼフとはもはや義理の兄妹という関係にしかなれない。

（まずは手紙のお礼をして、クラウス様と仲直りしていただくようお願いしなくては）

オストフェンにとって、ふたりの仲がこじれたままではよくない。

「さて、これでよろしいとは思いませんか？　アリーセ様」

パメラが鏡を覗き込んできたので、アリーセははっとした。パメラの美貌が出来栄えを問うている。なかなかの見栄えになったと満足した。

「いいと思うわ」

「式典の主人公を薔薇の女王から奪ってしまいそうな美しさですわ」

女官の世辞に、アリーセは苦笑を漏らした。

「式典の主役はあくまでも薔薇の女王。わたしは端で控えているわ」

「アリーセ様は王妃になられるのですもの。大いに目立ってよろしいでしょうに」

「そういうわけにはいかないわ」

アリーセは胸にかけられた真珠のネックレスの粒をいじる。

(ヨーゼフ様と会うということは、途中で会場を抜けなくてはならないわ。だとしたら、目立ってはいけない)

そもそも、せっかくの薔薇の女王の晴れ舞台なのだ。アリーセが注目を集めるわけにはいかない。

「アリーセ様は慈悲深いのですわ。だから、薔薇の女王を目立たせようとなさるのですね」

「みなさん、準備は完璧。これもみなさんのおかげだわ」

パメラが女官たちを労わると、彼女たちが互いに顔を見合わせてうれしそうにする。

「みんな、ありがとう。あとで、帝国から届いたボンボンを送るわね」

「まあ、帝国のお菓子を!?」

「帝国はお菓子もオストフェンより洗練されているのよね」

女官たちは楽しげに笑い合いながら片づけをしていたが、ノックの音でぴたりとおしゃべりをやめた。

入室してきたのはクラウスだ。襟をきっちりと締めた軍服は厳めしいが、金の肩章や飾緒がきらびやかさを加えていて、凛々しくもまた男の色気が匂い立つ立ち姿だった。

「クラウス様」

アリーセがドレッサーの前から立ち上がって出迎えると、彼は目を輝かせた。

「アリーセ様、いつもお美しいが、今日は一段とすばらしい」

「そうでしょう。薔薇の女王の主役を奪ってしまいそうだと話していたところですわ」

パメラの得意げな表情に、クラウスは苦笑した。

「薔薇の女王が気の毒だよ、それは」

「じょ、冗談ですわ。わたしは目立たないようにしておりますから」

アリーセがあわてて両手を振ると、クラウスはすぐ目の前まで近づいて、アリーセの肩に手を置く。

「奥ゆかしい方だ」

「褒めすぎですわ、クラウス様」

アリーセは視線を泳がせた。ヨーゼフと会うと決めたせいか、罪悪感が募って、クラウスの顔を正面から見られない。

「花冠の準備は？」

「できております」

パメラが籠に収めていた薔薇の花冠をクラウスに示した。干した蔦を何重にも重ねて冠状にしたものに、棘をとった白薔薇をふんだんに飾った花冠は、薔薇の女王の戴冠にふさわしいと思われた。

「すばらしいですね。アリーセ様が自ら作成したと聞きましたが」

「……薔薇を飾っただけですから」

しかも、パメラにかなりの部分を手伝ってもらった。

「ありがとうございます。オストフェンの未来の王妃からの贈り物ですから、薔薇の女王にも箔《はく》がつきます」

クラウスの笑顔を直視するのがつらい。

（やっぱりやめたほうがいいのではないかしら……せめてクラウス様だけには伝える？）

裏切り者であるアリーセがヨーゼフと会って、今さら何になるのかとも思う。こんどはクラウスを裏切ることになるのではないかという懸念もある。

（……弱気になってどうするの）

クラウスに知らせてしまえば、公に責任を問わねばならないこともあるだろう。だが、アリーセはまだ王妃になっていないから、ヨーゼフとは私的な面会と抗弁できる。会えば、ヨーゼフに手紙の感謝を伝え、クラウスとの和解を提案することもできる。

アリーセは改めて決意を固めると、クラウスに微笑む。

「よかったですわ。わたしの力が役立つなら、こんなにうれしいことはないのです」

「アリーセ様がいてくださるだけで、オストフェンのためになっておられますよ」

クラウスも穏やかな微笑みを浮かべてから、アリーセの背に手を回した。

「行きましょうか。ブラウフォンの民が待っています」

「ええ」

クラウスに促されて、アリーセは歩きだす。式典に参加する緊張とは別種の緊張を隠すため、アリーセは頬が痛くなっても微笑みを浮かべ続けた。


薔薇祭りの式典は、噴水のある広場で行われる。

前日に実施された薔薇の女王を選ぶ投票結果が発表されて、盛り上がった観客の声援が木霊する中、選ばれた娘が山車に乗ってお披露目される。

両手を振る彼女に惜しみなく拍手を送りながら、アリーセは周囲を密かに観察した。

広場は立錐の余地もないほど、民が集まっていた。老若男女問わずに集まった人々の波が幾重にも続き、みな、この祭りを楽しみにしているのがよくわかる。

アリーセとクラウスが護衛に囲まれて立っているのは、広場でも聖堂側の場所だ。特に台などなく、立ったまま薔薇の女王に花冠をかぶせるのだが、これは民と共に薔薇の女王を敬い、彼女にオストフェンの幸運を祈るという意味があった。

「……今年の薔薇の女王は、まだ十五歳だそうですね」

十五歳といっても、山車から降りた娘の、アリーセたちのほうに歩いて来る足取りは堂々としている。クラウスは薔薇の女王に視線を定めたままうなずいた。

「十代半ばの娘が候補になることが多いのです。薔薇の女王は未婚の娘がなると昔から決まっていますので」

「そうなのですね」

真紅のドレスがよく似合う薔薇の女王は、アリーセたちの前に立つと深く礼をした。

「オストフェンでもっとも尊い王とその妃となる方に、御礼を申し上げます」

謝礼を述べる声はよく通って、まったく物怖じしない様子に、アリーセは感嘆の息をつく。

「薔薇の女王よ。オストフェンに幸運と豊穣をもたらしてくれることを望む」

クラウスが朗々たる呼びかけと威厳のある態度で彼女を出迎える。アリーセは薔薇の花冠を彼に差し出した。

「薔薇の女王に祝福を！」

クラウスがアリーセから受け取った冠を女王の頭にのせると、集まった民衆からわっと歓声があがった。

「オストフェン万歳！」

「薔薇の女王に祝福を！」

「クラウス陛下に神のご加護を！」

「オストフェンに神の祝福を！」

一斉にあがる歓声は恐ろしいくらいの迫力があり、アリーセは素直に感動した。

（すばらしいわ……）

アリーセはクラウスの王妃になり、彼らを慈しむ役目がある。その重みを肩にずっしりと感じながら、アリーセは盛んに拍手をする。

白い薔薇の花冠をかぶった薔薇の女王は山車に乗ると、群衆に手を振って応えている。

するると突然、大きな叫び声が響いた。

「薔薇の女王の花冠を手に入れた者は、黄金一斤と交換するぞ！」

どこかから聞こえた声に、群衆の空気が不穏にざわめく。

「薔薇の女王の花冠を奪え！　奪った者には、黄金をくれてやるぞ！」

再度その叫びが聞こえた直後、山車に群衆が駆け寄った。堂々としていた薔薇の女王が、山車の上で右往左往している。

「やめろ！」

クラウスが彼女を守るべく走りだした。群衆を押しのけて山車に上ると、薔薇の女王を背にかばう。

「陛下！」

「陛下に無礼を働く者は斬り捨てるぞ！」

サーベルを抜いた護衛兵が山車を取り囲む。不埒な一団が護衛兵の隙をついて山車にのぼろうとしていた。中のひとりがクラウスに摑みかかっている。

「クラウス様！」

アリーセは悲鳴をあげて山車に近寄ろうとしたが、背後から腕を引かれた。振り向くと、イゾルデが頭をスカーフで覆ってアリーセを見つめている。

「アリーセ様、今のうちですわ。一緒に来てくださいませ」

「で、でも、クラウス様が……！」

「ほんの少し会うだけですわ。さあ、こちらに！」

イゾルデに強引に腕を引かれ、山車とは反対の聖堂が建つ側へと移動させられる。

群衆は薔薇の女王に殺到しようとしているから、アリーセたちはちょうど逆行している状態になっていた。

（なんてこと……）

いったい誰が薔薇の女王の花冠を奪えと命じたのか。広場は混乱の極致に陥り、押し寄せる群衆から逃げる者がいれば、女王を狙う者もいて、まさしく戦場の狂気に満ちていた。

アリーセは踵を踏ん張って、イゾルデの力に逆らおうとした。

「アリーセ様、お早く！」

「やっぱりクラウス様が心配だわ。わたし、戻りたいの」

「クラウス様は護衛の兵が守るからご無事ですわ」

「でも……」

押し寄せた群衆がクラウスと薔薇の女王を押しつぶしでもしたら、どうするというのか。

「イゾルデ、わたしを放して……！」

「放しませんわ。だって、アリーセ様にはヨーゼフ様と絶対に会っていただかなければならないのですもの」

イゾルデが指を鳴らした直後、アリーセの背後に大柄な青年があらわれた。彼はアリーセの口をふさぐと、腰に腕を回して軽々と小脇に抱える。青年は軽薄に口笛を吹いた。

「皇女殿下はずいぶんと軽い」

「さ、行きましょう、アリーセ様。ヨーゼフ様が待ちかねていらっしゃいますわ」

大通りから迷路のような路地を抜け、待ちかまえていた馬車に放り込まれる。

右膝を馬車の床に打ちつけて痛みでうめいていると、イゾルデが御者に命じる声が聞こえた。

「走らせて！」

命令に応じて、馬車が疾走しはじめた。がらがらと耳障りな音を立てて車輪が回る音が、馬車の床に横たわるアリーセの耳に痛いほど響く。

「皇女殿下、失礼しますよ」

青年の皮肉めいた謝罪を聞いたあと、アリーセの腕は背に回されて、両手首を縄でくくられる。膝がずきずきと痛む中、アリーセは背後を睨んだ。

「どういうつもりなのですか!?」

「ヨーゼフ様に会うための処置ですわ、アリーセ様」

常に無邪気に振る舞っていたイゾルデが妖艶に微笑み、青年が小馬鹿にしたような笑い声を放つ。

「ヨーゼフ様に会いたいとおっしゃるなら、少しは我慢が必要だということですよ」

ふたりに嘲笑されて、アリーセの頬が紅潮する。

「……騙したのね」

「騙してはおりませんわ、アリーセ様」

イゾルデは床に転がされたアリーセを見下ろしながら、足を組んで座席に座る。

「どうぞご安心を。今からヨーゼフ様のもとにお連れします」

青年も座席に座ると、ちょうどアリーセの頭上にあたる位置で足を組んだ。靴底があと少しで頭に触れる位置にある。とんでもない無礼だが、アリーセにはそんなことよりもこれからどうなるかが気になった。

「どうして拘束するの？」

どう考えても何か裏があるのだと想像せずにはいられない。

「それは、アリーセ様に逃げられたら困るからですわ」

イゾルデはなんの色も塗っていない己の爪を眺めて顔をしかめた。

「……ようやく爪のお手入れができるわ」

「皇女殿下たるアリーセ様に、こんな非礼を働くのは本意ではないのですが、クラウス様のなさりようを考えたら、仕方のない対応なのだとお考えください」

「……クラウス様のなさりよう？」

青年の発言にアリーセが訳もわからず質問すると、イゾルデが何かを押しつぶすようにこぶしを握った。

「そうですわ。ヨーゼフ様から王位を奪った卑しいクラウス様を、我々は警戒しなくてはなりませんもの」

「まったくだ。クラウス様は裏切りをした大罪人。油断がならない男ですから、アリーセ様を人質にして、ようやく我らは対等になれるのです」

「わたしは人質なの？」

あまりの言われように、アリーセの疑問が深まる。ヨーゼフは自分と会いたくないのだろうか。体《てい》のいい人質にしか考えていないのだろうか。

「……そうですわ、アリーセ様。あなたは帝国皇女。中身はどうあれ、あなたの身体に流れる帝国の血だけで、あなたは尊く、利用価値があるのです」

歌うようなイゾルデの台詞に、アリーセは切れそうなほど唇を噛みしめた。

（……わたしは愚かな選択をしたの？）

帝国皇女として軽率な真似をしてしまったのではないか。たとえどんなに自分には価値がないと思っても、アリーセはオストフェン王国にもローザリア帝国にも脅しをかけられる人質になれるのだ。

「しばし我慢なさってください。ヨーゼフ様とは確実にお会いできますから」

「ええ、そうですわ。ほんの少しの辛抱ですわ、アリーセ様。愛しいヨーゼフ様と、ちゃんと会わせてさしあげますから」

男女ふたりの嘲笑を全身に浴びながら、アリーセは身をよじりたくなるような屈辱を奥歯で噛みしめた。

それからどれほど経ったか。馬車の床に寝転ばされているアリーセには道順も判然としない距離を走ったあと、車輪が止まった。

「降りますよ、アリーセ様」

イゾルデの指示を聞き、アリーセは上半身をなんとか起こした。膝がまだずきずきと痛む。手首を縛《いまし》められたせいで体勢を変えられなかった。そのためにあちこちの筋肉が強ばっている。

青年が縄を断ち切ったので、アリーセは手首を振って痺れを解消しようとする。

「歩けますか？」

手を出すイゾルデを思わず睨んだ。

「けっこうよ、ひとりで歩けます」

ふたりの間でぶつかる視線は、火花が散りそうだった。

「……さすが帝国の皇女殿下。手助けなど不要だとおっしゃいますのね」

皮肉たっぷりのイゾルデの口ぶりに、アリーセは唇の両端をなんとか持ち上げた。彼女に弱いところを見られたくない。

「ええ、わたしはローザリア帝国の皇女ですから」

イゾルデの表情がガラリと変わった。いつもの甘えるような空気を打ち捨てて敵意をあらわにする。

「……わたくしとは違うとおっしゃりたいんですか？」

イゾルデの身体が小刻みに震えている。耐えがたい怒りをなんとかこらえているかのように。アリーセは彼女の怒りの根っこがわからないまま答えた。

「そういうことではありません」

「誇り高い皇女殿下……現実をお知りになって、絶望される様が楽しみですわ」

イゾルデは勢いよくアリーセに背を向けると、馬車から降りる。

同行した青年がアリーセの腕に手を入れて強引に立たせた。

「何を……」

「……意外に気の強い皇女殿下だ。儚げなお顔立ちは飾りですか？」

露骨な皮肉に、アリーセは強いて微笑みを浮かべた。

「わたしは、常に誇りを失わぬように教わっておりますわ」

軽んじられぬように虚勢を張ったが、実のところは膝が震えそうになるのをこらえていた。

「常に誇りを失わないですか……なるほど」

青年はにやにやしてアリーセを見つめる。

「帝国皇女ならば、オストフェンの貴族よりもはるかに尊貴なご身分ですからな」

「あなたは、わたしに何を言わせたいの？」

アリーセが鋭くたしなめると、青年はそっぽを向いた。

もはや話し続けているのも苦痛で、アリーセは痛む右膝を引きずりながら、馬車を降りる。

青い空の下、目の前に佇んでいるのは、赤煉瓦を積み重ねた邸宅だ。煉瓦は赤の濃度が異なるものを組み合わされており、外壁自体にグラデーションが生まれて美しかった。

上部が丸くデザインされた窓や重厚な車寄せ、前庭の周囲には色とりどりの薔薇が植えられて、今を盛りと咲いている。

アリーセは痛む右膝を引きずりながら歩いた。車寄せに停めなかったのは、アリーセへの嫌がらせに違いなかった。

（……なぜこんな対応をされるのかしら）

ありありと敵意を感じて、全身が虚無感に包まれる。意味のわからないまま憎悪されるのは、ひたすら苦しかった。

なんとか車寄せの下まで歩いてくると、柱に手を当てて息をつく。

「さあ、アリーセ様、中にどうぞ」

建物の扉が開けられていた。中にいるイゾルデが主のように微笑んでいる。

「ヨーゼフ様がお待ちですよ」

今となってはその言葉も本当なのか怪しい。浅慮の果ての行動が悔やまれてならなかった。

ホールに入ると、床は色石がモザイク模様に敷き詰められて、手がかかっているとすぐに見てとれる。

（きっと貴族の邸ね）

ここにヨーゼフがいるというなら、彼は匿《かくま》われていることになるはずだ。

（ヨーゼフ様とクラウス様は、敵対関係にある……）

おそらく貴族の中でも、ヨーゼフ派とクラウス派に分かれているのだろう。

「さ、こちらにどうぞ」

イゾルデに先導され、アリーセは二階へと続く階段を上る。膝がずきずきと痛んで、脂汗が額に浮いた。

「アリーセ様、お顔の色がよろしくありませんわ。少し休みましょうか？」

顔だけ振り向くイゾルデは、言葉だけは親切めかしているが、満面の笑みを浮かべている。苦しむアリーセはちょうどいい見せ物とでも考えているのだろうか。

「休まなくてもけっこうです」

「でも、真っ青ですわよ」

「元々、このような肌の色ですわ」

アリーセが突っぱねると、彼女は大げさに肩をすくめた。

「皇女殿下は、本当にプライドがお高い。下々の心配など、汚らわしいと言わんばかりですわ」

イゾルデの嫌みに眉が寄るが、同時に、なぜここまで憎まれるのかと不思議でもあった。

彼女はアリーセに恨みに近い感情を抱いているようなのだ。

「さ、急いでくださいませ。ヨーゼフ様をお待たせするのは、心苦しいですわ」

イゾルデは踊るような足取りで階段を上っていく。上りきると、廊下を小走りに進む。

アリーセは手すりに頼って階段を上りきると、膝を引きずりながら廊下を歩いた。疲労感が全身を包んでいる。それでも、なお歩き続けて、イゾルデが先に到着して待っている扉の前に来た。

イゾルデが扉をリズミカルに叩くと、中から低い声がした。イゾルデは顔を輝かせ、扉を開いた。

「ヨーゼフ様！」

イゾルデは部屋に足を踏み入れると、一目散に奥へと駆けて行く。

自然と閉まる扉を前に立ち尽くしていると、背後から扉を支える手があった。斜めに見上げると、アリーセを運んだ青年だった。

「入らないのですか、アリーセ様。ヨーゼフ様がお待ちですよ」

挑発じみた発言に、アリーセは唇を震わせた。

「さあ、どうぞ」

開けられた扉の向こうでは、ソファに座った男に抱きつくイゾルデの姿が見えた。青年の膝にのり、首に腕を回しているイゾルデは、アリーセを見て得意げに微笑んでから、彼に視線を移す。

「ヨーゼフ様。アリーセ様をお連れしましたわ」

「イリス、よくやったな」

イリスという名に、アリーセは驚きの声を放つところだった。

イゾルデことイリスの頭を撫でる男は、クラウスに似ているといえば似ている。金の髪、灰青色の瞳は灰色みが強く、虚無的な空気を漂わせている。頬がこけ、髭《ひげ》の処理が甘いのが、アリーセにかすかな不快感をもたらした。

（イリスはヨーゼフ様の愛人……）

イリスに敵意を抱かれている理由がわかった。アリーセはふたりの間に割って入る邪魔者になっただろう女だからだ。

アリーセは干からびた唇を無理やり開いて質問する。

「ヨーゼフ様、ですか？」

「ヨーゼフ以外の誰だとお思いだ？」

露骨にアリーセを軽んじる彼の口調に、思わず頬が引きつる。

「……覚えていらっしゃいますか？　わたしは……」

「自己紹介など不要だ、アリーセ姫。あなたのことはイリスから聞いている」

「なんでもお話ししましたわよね、ヨーゼフ様。アリーセ様が薔薇の世話をしていることも、下々の者たちにやさしいことも、クラウス様と男女の仲になっていることも」

イリスは、指を折って数えている。あからさまな侮蔑は、ヨーゼフの愛人である彼女の優越感のあらわれだ。

「クラウスは帝国に媚びを売る腰巾着だ。あいつなら帝国皇女に気に入られようとするだろう」

「ヨーゼフ様のおっしゃるとおり、クラウス様は帝国に王として認めてもらうために、アリーセ様のご機嫌とりをしていらっしゃいましたわ。アリーセ様を抱いたのも、きっとそのため。申し訳ないけど、アリーセ様は大して魅力的な体形ではございませんもの。帝国皇女というご身分を抱いているのだと思えば、辛抱できるのかもしれませんけど」

イリスは自分の身体を誇示するように胸を張った。改めて観察すると、彼女の胸はドレスの上からでもわかるほど形よく、腰はスズメバチのように細い。女として理想的なプロポーションを見せつけられて、泥が詰められたように胸の内が重くなった。

「……あなた、どうやってブラウフォンの城に潜入したの？」

アリーセはじわりと湧いてきた疑問を口にした。クラウスが玉座を奪ったというなら、近くにいる人間は自派の人間で固めているはずだ。

「わたくしは城にあがってすぐにヨーゼフ様に気に入られ、離宮に囲われていましたの。ですから、わたくしの顔を知っている者のほうが少ないんですわ」

胸に垂れている髪を指にからめながら、イリスは得意げに笑った。

「それに、クラウス様は国のすべてを掌握なさってはいませんもの。ヨーゼフ様を支持している貴族はたくさんいる……そうですわよね、ヨーゼフ様？」

「クラウスは帝国に尻尾を振る売国奴だ！」

ヨーゼフはいきなり激高すると、自分の膝にのっていたイリスをソファに投げ出した。

「ヨーゼフ様、痛い！」

イリスの苦情を聞かされても、ヨーゼフは詫びもしない。立ち上がると、部屋をうろうろと歩き回る。

「あいつが……あいつが、わたしを罠《わな》に嵌めたんだ！　民を扇動《せんどう》して、わたしを襲わせようとした……あの屑め！」

「そうですわ！　クラウス様は、弟でありながら兄を尊重しない最低な男……帝国の言いなりになるしかないのに、どうやってオストフェンを治めるのでしょう」

イリスは立ち上がると、アリーセを指さした。

「こうなったら、アリーセ様を人質にして、ヨーゼフ様が王位に復帰するしかございません」

「アリーセ姫を人質にか……」

ヨーゼフがつかつかと歩み寄って来る。アリーセは彼の剣幕に逃げようとしかけた。が、膝に力が入らないため、逃げるどころか絨毯につま先を引っかけてしまう。

「きゃあっ」

その場に転んだアリーセに、イリスがけたたましい笑い声をあげた。

「帝国皇女がまるで亀と同じですわね！」

「アリーセ姫はわたしの婚約者だ。きっと協力してくださるだろう」

片膝をついたヨーゼフはアリーセの顎を摑んで持ち上げる。顎の骨を砕くかのように力を入れられて、アリーセは苦痛に眉を寄せた。

「……放してください」

「婚約者の言うことを聞けないのかな、皇女殿下は」

アリーセは息を荒らげてヨーゼフを睨んだ。

（本当にこの方がわたしの憧れた方なのかしら……）

狼から助けてくれた勇気とやさしさに憧れた。手紙の文面も知性と感情のバランスがとれていて、度重なる励ましに支えられた。けれども、実際のヨーゼフからは、アリーセの感じた美点を少しも感じとることができない。

「……ヨーゼフ様……あなたは……本当にヨーゼフ様ですか？」

「目が悪いのか、それとも、耳が聞こえないのかな、皇女殿下は」

右目を細め、ヨーゼフは唇をねじ曲げて笑う。

「ああ、そうか。頭が悪いのか」

「ヨーゼフ様は、わたしに手紙を書いてくださった、あのヨーゼフ様なのですか？」

もしかしたら、他にヨーゼフという人間がいて、その男と文通をしていたのではあるまいか。そう思うほど、アリーセを脅迫している目の前の男と手紙に書かれた名の男のイメージには乖離《かいり》がある。

「手紙？」

訝しげにされて、アリーセは彼の腕を摑んで言い募った。

「手紙です。ずっとわたしにくださったでしょう？　わたし、楽しみにしていましたわ。わたしの宝で、あなたのために返事を書くひとときは、もっとも幸福な時間で……」

口にすれば口にするだけ、悲しくなってくる。アリーセにとって、ヨーゼフに手紙を書くのは、喜びであり幸せだった。次にどんな返事をもらえるか——予想するのも楽しく、ときめくひとときだったのだ。

「あの手紙を書いていたのは、クラウスですよ、皇女殿下」

ヨーゼフは憎々しげに吐き捨てた。

「帝国皇女となれ合う趣味などないので、すべてクラウスにまかせたのですよ。文通など……実にくだらない」

アリーセは愕然《がくぜん》とした。

全身から力が抜けていく。

「嘘……」

つまり、クラウスが言った、手紙を書いたのは自分という言葉は真実だったというのか。

「嘘ではありませんわ、哀れなアリーセ様！　あなたはヨーゼフ様にとって、どうでもいい女だったのですのよ！　どういうお気持ちか、聞かせてくださいな」

イリスは手を叩いて笑っている。

「がっかりなさいました!?　がっかりしますよねぇ、本当に。信じておられたんでしょうからね、ヨーゼフ様との手紙という絆を！」

「……静かにしてもらえないかしら」

アリーセは抑えた声音で要求する。様々な感情が渦巻いて、頭の中が整理できない。

「静かにしてですって!?　どの面《つら》さげて、そんな生意気をおっしゃるのでしょう！」

イリスはつかつかと歩み寄ってくると、腰に手を当ててアリーセの顔を覗き込んでくる。

アリーセは怒りを込めて彼女を睨んだ。

「……イリス。わたしは今、ヨーゼフ様とお話をしているのよ」

「……生意気な方ね!!」

イリスは手を振り上げると、アリーセに平手打ちをしてきた。思いもよらぬ力に、アリーセは床に手をついてこらえる。口の中が切れたのか、鉄さびの味がする。

「……帝国皇女は、考えの足りぬお方のようですね。敵の真ん中でお立場をわきまえぬ発言をされるのですから」

イリスはアリーセを平手打ちした手をわざとらしく振っている。

「よせ、イリス」

ヨーゼフはイリスのそばに立つと、彼女を胸に抱きしめる。彼の胸に頭を寄せるイリスは、誰よりも幸せそうだ。

「皇女殿下はクラウスとの取引材料にする。帝国に尻尾を振るあいつにとって、皇女殿下は誰よりも損ないたくない人間だろう」

　ヨーゼフがイリスの髪を撫でながらつぶやけば、イリスはうっとりと身を預けて同意した。

「まったくですわ。皇女殿下はそれだけで利用価値があるというもの」

　ふたりの会話を耳に入れながら、アリーセの胸の内に怒りの炎が燃え盛った。

「皇女殿下は、どこかに閉じ込めねばならないな」

「地下のワインセラーにいたしましょうよ。ワインと一緒に熟成させればいいですわ」

　イリスの皮肉に、ヨーゼフは耳障りな笑い声をあげる。

「おい、入って来い！　皇女殿下を連れて行け！」

　ヨーゼフが叫ぶと、部屋の外から、アリーセを運んだ青年が入って来た。

「ご用ですか？」

「皇女殿下をワインセラーにお連れしろ」

「かしこまりました」

　彼は、またもやアリーセを軽々と肩にかついだ。

「何をするの!?」

「皇女殿下のお部屋にご案内します」

　手足をバタつかせても、ろくな抵抗にならない。アリーセはヨーゼフたちを睨んだが、彼らはくちづけを交わしていて、アリーセを一瞥すらしなかった。

その夜、アリーセは大量のワインがストックされているワインセラーの床でうつらうつらしていた。小さなランプが入り口近くに灯されているせいで、暗闇の中にひとりでいる不安が少しはやわらぐ。

（わたし、どうなるのかしら）

人質になるというなら、すぐに殺されることはないと踏んでいいだろう。アリーセを殺せば、帝国を敵に回すことになる。帝国も、アリーセが殺されて、放置するとは考えにくい。

（でも、もしも、わたしの命を助けるためにクラウス様が退位させられることになったら……）

それこそ、オストフェンにとって大損になってしまう。

（どうすれば……）

アリーセはふらつく足を叱咤して立ち上がった。

ワインセラーには、鍵をかけられた出入り口しかないと閉じ込められた直後に調べている。

（本当に逃げ道はないのかしら……）

ワインの出し入れのために、複数の出入り口が設けられていないか。ワインセラーの内部はワインを収めた樽や瓶が棚に並んで、迷路じみている。一巡したが、そもそも暗くてよくわからない。

「どうしよう……」

元の場所に戻ってため息をついたときだった。出入り口の隙間から、封筒が差し入れられていた。

「何かしら……」

出入り口に近寄り、腰を曲げて封筒を手にする。真っ白な封筒には、何も書かれていない。

蝋で封をされた封筒を開けてみると、手紙が入っていた。開いたとたん、息が止まりそうになる。

「ヨーゼフ様の文字だわ……」

いや、ヨーゼフではなく、クラウスの手紙だ。

帝国にいる間、待ちわびていた手紙と同じ字がしたためられている。

むさぼるように視線を何度も走らせた。知性を感じさせる、流れるような筆跡。いくつか染みができているのは、あわてて書いたせいだろうか。ヨーゼフ名義の手紙ではそんなことがなかったから、彼が動揺しているのかと思えば、うれしくも愛おしい。

『必ず助けに行くので、待っていてほしい。危ないことは、決してなさらないように』

簡潔だが、アリーセのことを心配してくれているのが伝わる手紙だった。

アリーセは手紙を胸に押し当てた。涙があふれてくるのをこらえる。

（あのとき信じていれば……）

クラウスの言葉を信じていれば、こんなことにはならなかったのだろう。

（クラウス様も、わたしにどれほどがっかりなさったかしら）

それでも、アリーセと関わることをやめないでいてくれた。

（クラウス様がご無事だった。それが何よりもうれしい）

おそらく、薔薇の女王に関わる混乱も、ヨーゼフたちの仕業だろう。アリーセを連れだすために騒乱を起こしたはずだ。

手紙をポケットに入れて、そっと押さえる。思い出の宿る手紙をもらって、アリーセの決意はかえって固まった。

やはり、クラウスの足手まといにはなりたくない。ヨーゼフの思うとおりにはさせない。

（どうか、クラウス様に何事も起きませんように）

アリーセは胸の前で十字を切ると、ひたすら神に祈り続けた。


床に寝転んでうつらうつらとしたあと、アリーセはあわただしい足音で目が覚めた。覚醒は速く、意識が一気に明晰になる。いきなり開けられた出入り口の扉の向こうには、ヨーゼフとイリスが立っている。ヨーゼフは怒りをまとい、イリスは涙目だ。

「何かご用ですか？」

冷たくたずねた直後、ヨーゼフに腕を掴まれてワインセラーから引きずり出される。

「……クラウスが来た」

アリーセは喉を鳴らした。

夜中には手紙が届いていたことからすると、クラウスはすぐに居場所を突き止めたのだろう。

「……皇女殿下を見張らせていたのだろう」

忌々しげにヨーゼフがつぶやくと、イリスが泣きじゃくる。

「ごめんなさい、ヨーゼフ様！　わたくしが皇女殿下を連れて来なければ……！」

「おまえのせいではないぞ、イリス。どちらにしろ、逃げ続けてもどうにもならんのだから。もはやあいつを殺すしかない……殺すしか……」

何度も繰り返すヨーゼフが恐ろしく、アリーセは腕を振り払おうとするが、彼はアリーセの手首を握る手に力を入れて、拘束を強める。

「皇女殿下がいれば、大丈夫だ。クラウスは何もできない。あいつは……あいつは、帝国の狗《いぬ》なんだからな」

必死に自分に言い聞かせる様子が哀れでならない。

連れて来られたのは、中庭に面したバルコニーだった。バルコニーに通じるガラス戸を抜けた瞬間、アリーセは度肝を抜かれた。

中庭には武装した兵士がひしめき合っていた。彼らが一斉にアリーセたちを見てくるのは、恐怖でしかない。

ヨーゼフはアリーセを引きずってバルコニーの手すりギリギリに寄った。

兵士たちの先頭にはクラウスがいた。シュベリーン伯爵も付き添っている。

「兄上、皇女殿下をお放しください！」

クラウスが叫んでいる。ヨーゼフを追ってバルコニーにやって来た護衛の者たちが、バルコニーから銃をかまえてクラウスを狙う。アリーセは真っ青になった。

「ヨーゼフ様、おやめください」

このままでは、ふたりとも引くに引けなくなってしまう。そうなったら、結果は最悪のものでしかない。

（兄弟で殺し合いをさせるわけには……）

穏便に解決しなければならないのに。

「皇女殿下を解放してください、兄上！」

「うるさいっ！　帝国に尻尾を振る操り人形が！」

ヨーゼフはアリーセの胸に左腕を回して拘束すると、右手に握った短剣をアリーセの喉元に押し当てた。肌すれすれのところに短剣を当てられて、アリーセは動けなくなる。それでも、なんとか説得しようと声を絞りだした。

「ヨーゼフ様、どうか……落ち着いて……クラウス様と話し合って……」

「うるさい！　クラウス！　おまえが民をけしかけたんだろう⁉　それでわたしを王位から追い落としたのだ……わたしはオストフェンの王だぞ⁉」

「民から支持されない兄上が悪いのですよ。民が望んでいるのは帝国に負けないことではなく、日々の暮らしが豊かで安定していることです」

クラウスが諄々《じゅんじゅん》と諭している内容は常識的だった。どちらが王にふさわしいかは、わずかな会話で伝わってきた。

「……クラウス」

ヨーゼフの短剣を握る手に力が込められ、アリーセの肌に刃が触れる。

「……っ」

怒りのあまり、ヨーゼフが我を忘れるのが一番恐ろしかった。さらなる力を込められたら、アリーセは死んでしまう。

「兄上、それ以上、アリーセ様を傷つけたら、あなたを殺すしかなくなります」

下にいる兵士の一団が、銃をかまえてヨーゼフを狙う。

互いの銃口が王と元王を狙い合う異様な状況に、アリーセは呼吸を浅くして必死に頭を回転させた。

（どうにかしなければ……大変なことになってしまう。わたしの短慮のせいで。でも膝が痛んで思うように動けないわ）

アリーセは背後にいるヨーゼフをちらりと見上げた。それから、ヨーゼフの後ろに控えるイリスを視界に収める。

（……一か八かだけれど、やるしかないわ）

アリーセは賭けに出ることにした。ひとつ息を吸う。

「……イリス、早くお逃げなさい。ヨーゼフ様と一緒に討たれる必要はないわ。クラウス様は真の王なのです。国のためならば、ここにいるみなを犠牲にすることだって厭わないはず。逃げてばかりのヨーゼフ様とは違い、厳しい決断だってできるお方なのだから」

アリーセがあからさまにヨーゼフを侮ると、イリスが予想どおりに怒りの空気をまとう。

「……ヨーゼフ様を馬鹿にしたわね!?」

イリスはアリーセに近寄ると、強引に腕を引いた。ヨーゼフがあわててアリーセを解放したのは、危うく傷つけることを避けるためだろう。

「偉そうに！　誰とでも寝る売女《ばいた》同然のくせに！」

イリスがアリーセの横っ面を引っぱたく。アリーセもお返しにイリスの頬を引っぱたいた。

「なんとでも言うといいわ。わたしもあなたも同じ……でも、わたしの男は、勝者であるクラウス様よ！」

「なんですって!?」

イリスはアリーセの髪を引っぱると、バルコニーの手すりにアリーセの背を押しつけた。

「そんなに死にたいなら、死なせてあげるわ、女狐め！」

イリスの目が憎悪で燃えている。このシチュエーションこそアリーセが求めていたものだ。

アリーセを手すりから落とそうとして、イリスはアリーセの両肩を押す手にぐっと力を入れた。

(今だわ……!)

その力を利用して、思い切り宙に身を投げ出す。膝が痛むから彼女の力は助けになった。

(……死んでしまうのかしら)

落下の浮遊感を味わったあと、アリーセの身体は力強い腕に受け止められていた。

アリーセを受け止めて、中庭の芝生に倒れたのはクラウスだ。

「クラウス様……」

彼はすぐに半身を起こすと、アリーセをきつく抱きしめる。クラウスからは、汗と香水の入りまじった官能的な香りがした。

「……まったく、手紙に書いたことを忘れたのですか、あなたは」

クラウスの強くてたくましい腕の中で、アリーセは涙をこらえてつぶやく。

「ごめんなさい、でも……」

「こんなときには、ありがとうと言ってください」

クラウスの台詞は聞き覚えのあるものだった。狼から助けてもらったあの日、ヨーゼフも同じ台詞を言ったのだ。

(あのときの少年はクラウス様だったのね)

あの日と今がしっかりと繋がる。

「また……助けてくださった……」

涙をこぼしてアリーセが微笑むと、クラウスはアリーセを強く胸に抱いた。

「何度でもお助けしますよ。俺はあなたを愛しているのだから」

抱き合うふたりを守るべく集った護衛兵の向こうには、バルコニーに押し寄せるクラウス指揮下の兵と、彼らに拘束されて金切り声をあげるヨーゼフとイリスが見えた。


打ちつけた膝は、骨にひびが入っていた。治療と休息のために外出禁止を言い渡されたアリーセのもとをクラウスはたびたび見舞いに訪れて、ヨーゼフたちの処遇を聞かせてくれた。

ヨーゼフは逃亡したのち、自派の貴族の邸を転々として、居所を容易に掴めないようにしていたのだという。そのため、イリスことイゾルデがアリーセに接触し、アリーセを連れ出すことにしたのは、かえって好都合だったらしい。

アリーセはまったく気づかなかったが、見張りをつけられていたのだ。アリーセを誘拐してヨーゼフのところに連れて行けば、彼らの潜伏場所がわかる。ヨーゼフたちは謀略を立てたつもりで、逆に罠に嵌められたのだ。

助けられてから二週間も経つのに、城のベッドを離れられないアリーセに、付き添いのパメラが怒りを吐き出す。

「本当にひどい男たちですよ、アリーセ様を利用しようだなんて！」

「でも、おかげで大した犠牲が出なくてよかったじゃないの」

ヨーゼフはオストフェンの北に広がる絶海の孤島に閉じ込められることになったらしい。そこには離宮があり、罪を犯したが死刑にはできない王族や貴族が幽閉される場所になっている。

イリスも同じ離宮に幽閉されることになった。イリスはかえって喜んだというから、ヨーゼフへの愛は本物なのだろう。

（信じられないけれど、聖母教会の建築現場での事故も、イリスの仕業だったのだわ……）

協力者に石板を落とさせ、その場にいた作業員を突き飛ばさせて罪を着せたのだという。それを聞かされたときは作業員に申し訳なく、アリーセは遺族を一生助けねばと決めたのだった。

「あのイリスとかいう小娘に、みんな甘いですこと。ヨーゼフ様と一緒の島に監禁だなんて、愛人を尊重してどうするんでしょう」

「……イリスが選んだ道だから、いいのではないかしら」

イリスは徹頭徹尾ヨーゼフの味方なのだ。それを完遂するところは、ある意味立派だと思う。

「とにかく、アリーセ様は膝を早く治しましょうね。そうでないと、いつまでも結婚できませんから」

パメラがため息をついてから、アリーセにサクランボの入ったガラスの器を差し出した。

「クラウス様からの差し入れですよ」

「うれしいわ」

アリーセは赤いサクランボをひとつ口に入れて食べると、器をパメラに戻した。

「アリーセ様？」

「ペンと紙をちょうだい。クラウス様にお礼の手紙を書くから」

「またですか」

パメラがうんざりしたようにため息をつきながらも、下敷きと紙とインクを吸わせたペンを差し出した。

「だって、クラウス様宛てに書いた手紙は少ないのよ。今からどんどん書かなくては」

「はいはい」

サクランボの感想を書きだすアリーセは、紙に字を躍らせた。

終章

夏の盛りを過ぎた、初秋のとある日。クラウスとアリーセの婚礼は盛大に行われた。真新しく完成した聖母の教会の落成も共に祝った結婚式は、一般庶民にも開放され、多くの市民が王と王妃の誕生を見守った。

荘厳な式と賑やかな宴のあとの夜。宮殿にあるふたりきりの寝室で、クラウスはアリーセにまたがり性器を舐めていた。

「は……ふわぁっ……」

アリーセの甲高い声を聞きながら、クラウスはベッドに横たわったアリーセの股をはしたなく開かせて、陰唇に舌を伸ばす。指で念入りに愛撫したために、アリーセの女陰はしとどに濡れている。

「ああ、クラウス様……ああっ……」

アリーセの甘える声は、クラウスの嗜虐心をくすぐる。ぷっくりと膨れた淫芽を舌先でくすぐり、陰唇の狭間をくすぐってやると、アリーセの白い内股が可憐に震えた。

「ああ……だめなの……ああっ……」

「アリーセ様、俺のも舐めてくださいね」

「わ、わかっています……でも……」

彼女はクラウスの男根を口淫している。亀頭をちゅぱちゅぱと舐め、雁首と裏筋に懸命に舌を這わせている。

正直、アリーセの舌遣いはまだまだ稚拙《ちせつ》でぬるいのだが、それもまたクラウスのせいだった。

彼女のつたない舌技を感じながら、クラウスはアリーセの小さな蜜口を強引に開き、舌をねじ込んで粘膜を愛撫する。

彼女が甘い息を吐き出した。アリーセの舌の動きがおろそかになるのは、彼女を攻撃しすぎるせいなのは明らかだった。

「……蜜がいっぱいあふれていますよ」

じゅるっと吸ってやると、アリーセが悲鳴をあげた。

「嫌、そんな恥ずかしいことしないでっ」

口淫は嫌いではないはずだが、どうやら恥ずかしさが先に立つらしい。そんなところも可愛らしいと密かに思う。

「舌でしてほしくないなら、次にしてほしいことをお願いしなくては」

淫らに勃った淫芽をざらつく舌で転がしながら言う。

「あ、そんな……」

「早く」

クラウスは女陰を指でなぞりつつ淫芽を舌で押し回してやる。アリーセの内から蜜があふれてくるのを見れば、彼女の身体は男を受け入れる準備がすっかり整っているはずだ。

「……クラウス様……わたしの……いやらしい……そこに……クラウス様のモノを、挿れて……ください……」

アリーセがおねだりしたあとに、クラウスの反り返った男根を握る。

クラウスは体勢を変えて、彼女と正常位で向き合った。艶やかに濡れた女陰の狭間に男根をずぷりと突き刺してやると、アリーセが甘く啼く。

「ああっ……いいのっ……」

「そうでしょうね、中がうねっていますよ」

クラウスの大きさと長さを知り尽くしたアリーセの蜜壺は、クラウスの形に慣れ親しんだせいか、最近はすぐに蜜襞がうねって陰茎にまとわりつきだす。

クラウスはじゅぽっじゅぽっと派手な音を立てて、抜き差ししだした。

「ああ……あっ……ああ……気持ちいい……」

性交の快楽に溺れたアリーセの顔を見つめる。以前、ヨーゼフのことが心の片隅にあった頃は、情交の愉悦に引きずられつつも背徳感に苦しんでいる様子だった。

しかし今、アリーセは思うさま快感に溺れている。何度もやりとりした手紙の書き手がクラウスだと知ったあと、彼女の心は完全にクラウスへと傾いた。

クラウスは蜜壷を激しく犯しながらアリーセにくちづけた。舌を入れると、彼女の舌が迎え入れてくれる。互いの舌をからませあっていると、パメラからの報告を思い出した。

『アリーセ様の月のものが遅れております』

婚礼前だろうが散々抱いたから、アリーセはすでに妊娠しているのかもしれない。

(喜ばしいことだ)

もうしばらくしたら侍医の診察を受けさせる予定だ。そこで懐妊と診断されたら、クラウスは抱くのをやめなければならない。

(妊娠はもう少し先でもよかったのだが)

愛しい女を前にして、禁欲生活に入るのはつらすぎる。

クラウスはくちづけをやめると、結合部を見つめながら大きく腰を動かした。男根がこすれるたびに、アリーセの内部は昂奮していく。蜜壷がクラウスを締めつけ、さらには肉襞がうねって奥へと導こうとする。

「あっ……あっ……あぁっ……奥……気持ちいっ……」

亀頭がめり込むほど最奥を突いてやると、アリーセがいよいよ切羽詰まった声を放ちはじめた。絶頂が近い。

「俺も、出しますよ」

ちょうど射精の欲求が高まっていた。ふたりが頂に上るタイミングはピッタリだ。

「い、達《い》くっ……」

アリーセの甘い悲鳴を聞きながら、クラウスはどくどくと吐精する。奥にぐっと押し込んで、思うさまに内部を濡らしてやると、絶頂の余韻が残った雌壺は、クラウスをやんわりと締めつける。

(アリーセ、あなたは俺のものだ)

まだ硬さの残る男根を抜き、傍らで寄り添う。

「一生幸せにします」

ついこぼれ出た言葉は本心からのものだった。

「クラウス様……」

アリーセが涙をためてクラウスを見つめる。何度抱いても、なお清らかさを失わない面差しに、積年来の愛しさがあふれた。

「あなたは俺にとって永遠の聖女です」

目にするたびに汚したくなり、けれども決して汚し尽くせない。

アリーセはクラウスにとって、いつまでも憧れの存在なのだ。

「わたしは……聖女では……」

困惑したアリーセの髪を撫でる。

「すっとそばにいてください」

体温を分かち合っていると、アリーセは寝息を立てはじめた。

(疲れているのだな)

アリーセをそのままにベッドから抜け出し、彼女の身体をふいてやるためにシャツとトラウザーズを着て部屋を出ると、シュベリーン伯爵が立っていた。

「なんだ？」

「いえ、初夜が滞りなく済んだか確認に」

「滞りなく済んだぞ、とっくの大昔に」

クラウスがいったん執務室に向かって歩きだすと、シュベリーン伯爵が後をついてくる。

「なんだ」

「いえ、明日には帰国しますし、ご挨拶をと思いまして」

「ならば、明日にすればいいだろう」

「人目が多いでしょうから、今日お話をしたくてですね」

足を止めてシュベリーン伯爵を見る。モノクルという洒落たアイテムを手放さない男は、にっこりと微笑んだ。

「ヨーゼフ様は、そのままにするご予定で？」

伯爵は帝国とのパイプ役だった。元々、留学先で知り合ったため、クラウスにとっては気安い相手だ。

「一年後に、病死の連絡を皇帝に送る予定だ」

「ああ、そうですか。では安心です」

伯爵は満点の答えと言いたげに手を叩くと、機嫌を伺うような目になった。

「側近を使ってヨーゼフ様に無理な政策を立案させ、裏では被害者たちを何食わぬ顔で救ってやる……ご立派な弟君です」

何もかもをわきまえたかのような顔をする伯爵に対し、クラウスは唇を笑みの形にした。

「おもしろい想像をするものだな」

「……これからも帝国との仲をよしなに」

クラウスは鼻で嗤《わら》う。

「当たり前のことを言うな」

もう少し国力がついたら、帝国に進攻する——それはクラウスにとっては決定事項だ。クラウスもヨーゼフと同じくらい帝国を嫌っている。薄っぺらい帝国の皇族と貴族は虫唾《むしず》が走るほど気に食わない存在だった。純粋無垢なアリーセをいたぶった国など消してしまってかまわないと考えている。

だが、今のところは黙っておくべき予定だ。だから、何食わぬ顔をして質問を投げる。

「パメラ嬢との文通は続けるのだろう？」

パメラはアリーセに付き添っているが、シュベリーン伯爵と関係を結ぶことになったら、いずれは帝国に帰さねばならないかもしれない。アリーセは悲しむだろうが、別れはそれほど長くはないはずだ。

（よぼよぼの老人のような帝国など、叩きつぶせばいいだけだ）

その日は遠からずやってくるだろう。

「そのつもりですよ。クラウス陛下が手紙ひとつでアリーセ様のお心をとらえた手を真似していく予定です」

「せいぜいがんばるといい」

クラウスは一礼するシュベリーン伯爵を置いて執務室に入った。

常夜燈の灯る部屋で机の前に座ると、引き出しから下敷きと紙を出した。それはヨーゼフの名を借りて、アリーセに手紙を書いていたときと同じものだ。

アリーセとの手紙のやりとりで、心をとらえられたのは、むしろクラウスのほうだった。

あのとき、帝国嫌いのわがままなヨーゼフのフリをして、クラウスは帝国を訪れた。

狩場でアリーセと会ったクラウスは、そのあとに続いた手紙のやりとりで、アリーセに強く惹かれていった。

（王になり、アリーセを花嫁にする）

それは、クラウスの目標になった。

机の端には、昨日アリーセからもらった手紙を置いてある。他愛もない日々の細々とした報告がそこには綴《つづ》られている。クラウスはペンをインクにつけると、紙に字を書きつける。

『あなたを妻にできる俺は、世界一幸福な王です』

何度も書いてきた手紙だが、今は面と向かって手渡して、アリーセの喜ぶ顔を目にすることができる。クラウスはインク壺に再度ペンを突っ込むと、かつてと同じようにペンを走らせだした。

（了）

あとがき

初めまして、また、お久しぶりです。貴原《きはら》すずと申します。

聞いたことがない名前だぞ、と思っていらっしゃる方が大半ではないかと予想しております が、実は二年七か月前に『奈落の純愛』という物語をソーニャ文庫さんから出版していただきました。

つまり、二年七か月ぶりにソーニャ文庫さんに登場させていただいたのです！　お声をかけていただいたときは、大変うれしかったです。

ソーニャ文庫さんのコンセプトといえば、「歪んだ愛は美しい」。

というわけで、腹黒ヒーローを遠慮なく書かせていただきました。

今作のヒーロー・クラウスはわたしが考える正統派腹黒ヒーローです。ヒロインを手に入れるためには、頭脳も肉体もフル活用。

そのバイタリティーを他のことに使ってみれば？　とツッコミたくなりますが、ヒロインのためだけに使うからこそヒーローなのだと思っております。

邪悪な思考を巡らし、しかも実行力のあるヒーローって、現実世界にいたら迷惑極まりない存在のような気がしますけれど、創作世界であれば楽しい男ですよね！

そんな邪悪なヒーローに翻弄されるヒロイン・アリーセは、控えめな女の子。文通の相手にちょっと夢を見ている女子です。

SNSですぐに連絡がとれる現代でも、SNS上で知り合い、なんだか素敵と思ってしまった相手には夢を見てしまう傾向があると思うのですが、手紙だともっと夢がふくらんでしまうのではないでしょうか。

好意を抱く相手に手紙を送りますよね。届いたかな、今頃読んでいるかな、なんてところから妄想が生まれる。どんな返事が来るだろう、そして、わたしはその返事にどう書けばいいんだろう。

妄想だけで、五、六回は文通できますね。

きっと、アリーセの頭の中も、そんな妄想文通でできあがった面がいっぱいあると考えられます。

純粋で、なおかつ文通で婚約者に夢を見すぎた状態に陥ったアリーセが、クラウスにけしからん目に合わされるのをお楽しみいただければと思います。

架空ヒストリカルが好きなのですが、今作の舞台であるローザリア帝国のモデルは神聖ローマ帝国、オストフェン王国はプロイセンです。ヒロイン家のモデルはハプスブルク家ですね。

ハプスブルク家は、成り立ちから全盛期、衰退期まで通した概説書など読むとおもしろいなと思います。

というか、そもそも昔の国の在り方がおもしろい。神聖ローマ帝国は領邦国家の集まりなのですが、戦争中に一部の領邦国家が敵国と同盟組んだりして、現代人のわたしには驚きです。

しかし、難しさにも繋がるわけでして、一時期は神聖ローマ帝国とはなんぞやと悩んだりしましたが、エア国家と考えたらいいのでは、と閃き、やっと理解に及びました。

あるようでないエア国家。概念国家でもいいのかな？

専門家に話したら怒られそうですが、専門家の方と語り合う機会もないので問題ないと思います。

久しぶりのソーニャ文庫さん登場と書きましたが、今回の一番の喜びは、幸村《ゆきむら》佳苗《かなえ》先生にイラストを描いていただいたことです。

お名前を告げられたときは、息が止まりかけました。

と同時にプレッシャーも感じました。エロスの塊のような幸村先生の絵にふさわしいお話になっているのかとドキドキ。

ラフの段階からすっごい！　という感想しか浮かばない素敵なイラストをいただき、本当に光栄です。幸村先生、ありがとうございました。

また、担当さま。プロットから原稿から的確なご指摘の数々をありがとうございます。完璧な作品にするぞ、という担当さまの意気込みを原稿に書かれたご指摘から感じました。


そして、読者の皆さまへ。

たくさん出版される乙女系小説の中から拙作を選んでいただき、ありがとうございます。

少しでも楽しんでいただけたら、と願っております。

では、どこか新たな物語の世界で、またお会いできたらいいなと願っております。

二〇一九年 二月　　貴原　すず

この本を読んでのご意見・ご感想をお待ちしております。
◆ あて先 ◆
〒101-0051
東京都千代田区神田神保町2-4-7 久月神田ビル
㈱イースト・プレス　ソーニャ文庫編集部
貴原すず先生／幸村佳苗先生

略奪王《りゃくだつおう》の淫愛《いんあい》

2019年3月5日　第1刷発行

著　　者　貴原《きはら》すず
イラスト　幸村佳苗《ゆきむらかなえ》
装　　丁　imagejack.inc
D　T　P　松井和彌
編集・発行人　安本千恵子
発　行　所　株式会社イースト・プレス
〒101-0051
東京都千代田区神田神保町2-4-7 久月神田ビル
TEL 03-5213-4700　FAX 03-5213-4701
印　刷　所　中央精版印刷株式会社

ISBN 978-4-7816-9644-7
定価はカバーに表示してあります。

Sonya ソーニャ文庫の本

『奈落の純愛』 貴原すず

イラスト 芦原モカ